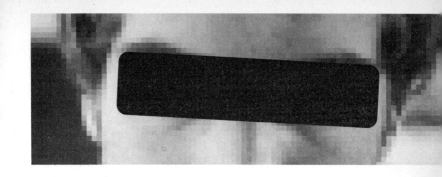

případ příliš světlých očí

Anna Dankovcevová

albatros

Copyright © 2001 Diogenes Verlag AG Zürich. All rights reserved.
Translation © Josef Týč, 2004
Cover Photo © ISIFA

www.albatros.cz

ISBN 80-00-01297-9

Kapitola 1

„Nese se snídaně," přívětivě oznamoval Petr Semjonovič, když vcházel s tácem v rukách do nejposvátnějšího místa v bytě – do pokoje, který byl vyhrazen jen pro zvířata. „Tak kdopak to tu má hlad?"

Jeho příchod vyvolal pořádný rozruch. Trpasličí opička Dosja zavřeštěla jako hysterka a pochlubila se přitom svými růžovými dásněmi: její bezstarostné panstvo, které nemá hluboko do kapsy, se totiž rozhodlo uvítat Nový rok někde na Havajských ostrovech; papoušci všech barev a velikostí si také pustili zobáky na špacír, rozvřískali se a začali k tomu na všechny strany cákat vodu; s elegancí sobě vlastní začala v kleci sem tam pobíhat promyka s černýma nohama, jmenovala se Marie-Róza-Pilar (říkalo se jí však jednoduše Maška) a dokonce i lemur Chuďa, který tou dobou obvykle spával, vystrčil svou líbivou hlavu s velkýma ušima a věčně smutnýma černýma očima z klece, připomínající pytel zavěšený u stropu.

„Máte hlad, co, vy lenoši?!" vlídně s nimi cukroval Pjotr Semjonovič a přiděloval svým chovancům snídani.

„Kerry krrrásná," ujišťovala své okolí pořád dokolečka jediná stálá obyvatelka této zoologické zahrady, perleťově šedá samička papouška žako, když si brala z jeho rukou kousek jablka.

Všechna ostatní zvířata, včetně středně velké krajty tygrovité Leopoldy i mlčících vodních želv natahujících dlouhé krky a napjatě sledujících pánovy pohyby, byla pouhými hosty ve „zvířecím hotelu" Pjotra Semjonoviče Gurka, známého po celé Moskvě.

Tímhle byznysem se Gurko zabýval už řadu let, přesněji to byla jeho pracovní náplň ode dne, kdy odešel z moskevské kriminálky, kde to dotáhl až na majora. Lidé, rozhodnutí chovat doma exotická zvířata, nebyli skoupí, když museli na dobu své dovolené někomu svěřit své miláčky, protože tchyně nebo sousedé neměli ani jednu chuť dívat se doma od rána do večera třeba na krokodýla, zvláště když šlo o několik týdnů. Gurka však na té práci nelákaly ani tak peníze jako to, že mohl konečně prokázat lásku ke zvířatům v praxi.

Jako kluk snil o tom, že se stane zoologem, že bude jezdit na všelijaké expedice, nebo v nejhorším případě že bude pracovat v zoologické zahradě, ovšem nějak se to zvrtlo a on vykročil do života po docela jiné cestě. Avšak ani v těch nejšťastnějších dnech působení na kriminálce nepřestával snít o klidné práci přírodovědce.

Po odchodu do důchodu jako by se mu otevřel nový, dokonale harmonický svět. Stalo se to ovšem čirou náhodou, jak už tomu v takových případech bývá. Jeden jeho známý byl nešťastný, že neměl na dobu dovolené kam dát svého papouška, velkého bílého kakadu, který měl až dojemný zvyk capat jako kachna po bytě za svým pánem. Gurko se nabídl, že mu ten problém pomůže vyřešit, a šťastný majitel ptáka odletěl na Krym, zatímco papoušek se usídlil v Gurkově bytě. Svého dočasného pána si oblíbil natolik, že celé dny zoufale naříkal, kdykoli někam odešel. Jeho manželka pracovala jako pediatr a s novou zálibou svého muže se nejen smířila, ale dokonce mu pomáhala, když jeho chovanci onemocněli, což se stávalo opravdu jen výjimečně.

Gurko stál před klecí s lemurem a ukazovákem mu drbal jeho měkké, huňaté bříško. Štíhlými prstíky, jaké mívají klavíristé, lemur uchopil jeho ruku a zavedl si ji na místo, kde se drbal nejraději.

„Lízo!" zvolal najednou úplně změněným hlasem na svou ženu, jejíž tvář se vzápětí objevila mezi dveřmi. „Chuďa má lysinku na boku!"

„Já o ní vím," s naprostým klidem odpověděla Jelizaveta Ivanovna. „To je běžná zimní avitaminóza. Musíme mu dávat víc ovoce. Nejvhodnější by bylo avokádo. A vůbec, nejlepší by bylo nasadit mu na nějaký čas dietu. Podívej se, jaké mu narostlo břicho…"

Společně pak prohlédli všechna zvířata, a když nenašli nic podezřelého, začali klece uklízet. Odpad ukládali do kbelíku z umělé hmoty, který hned vynášeli z bytu: Gurkova manželka nesnášela ve svém království nepořádek.

Gurko vzal kbelík a vyšel na schodiště, kde narazil na svého „úhlavního přítele a kolegu" z policejních dob Nikolaje Michajloviče Šanina, který v doprovodu strážníka z okrsku, dvou ospalých domovníků, kteří s nimi šli jako svědkové, a mladičkého vyšetřovatele z prokuratury otvíral dveře naproti jeho bytu.

Gurko se zastavil a zvedl obočí. Šanin na něj nejdřív jen letmo pohlédl, ale když Gurka poznal, málem mu vypadly oči.

„Co ty tady děláš?" podivil se a podával mu ruku.

„Já tu bydlím," odpověděl Gurko věcně a přendal si kbelík do levé ruky. „Ale co tu děláš ty?"

„Jsem tu služebně," stejně věcně mu odpověděl Šanin. „Domovní prohlídka…"

„Tady chceš dělat domovní prohlídku?" Gurko postavil kbelík na zem a usmál se. „Kamaráde, to sis asi spletl adresu. Tenhle byt tě sotva může zajímat. Tady bydlí Iriška."

Šanin na něj s účastí pohlédl.

„Tys ji znal?"

Domovníkům se konečně podařilo dveře otevřít a zůstali stát venku, do Iriščina bytu nevstoupili.

„Jak tomu mám rozumět, jestli jsem ji znal?" znepokojeně se zeptal Gurko. „Já Irišku znám z doby, když se ještě počurávala…"

„Tak ta tvoje Iriška je po smrti," řekl tvrdě Šanin. „Někdo ji zavraždil."

Gurko otevřel pusu, chtěl se na něco zeptat, ale nezeptal se a znovu ji zavřel. Šanin chvíli počkal, pokrčil rameny a vešel do bytu. Ostatní šli za ním.

Pjotr Semjonovič koukal chvíli jako opařený na zvonek vpravo ode dveří, pak automaticky zvedl kbelík, sešel po schodech a venku pečlivě vysypal jeho obsah do popelnice. Vrátil se domů, kbelík vypláchl a odnesl ho do místnosti se zvířaty. Zamyšleně se zastavil u manželky, která v kuchyni chystala snídani, a bez cíle prošel několikrát všemi místnostmi, než znovu vyšel na chodbu.

Dveře do Iriščina bytu byly pootevřené. Gurko do nich strčil a vešel dovnitř.

„Někdo tu byl už před námi," řekl Šanin, aniž by se divil, že se tam Gurko objevil. „Nebo to tu v takovémhle stavu měla vždycky?"

Gurko, který pociťoval téměř fyzickou bolest, když Šanin mluvil o sousedce v minulém čas, odpověděl:

„Bylo to velice pořádné děvče."

„To by tedy člověk neřekl…"

Na vždycky pečlivě uklizený byt byl teď hrozný pohled – okamžitě bylo jasné, že tu někdo cizí úřadoval před nimi. Papíry rozházené po podlaze, vytažené zásuvky u psacího stolu a skříní, převrácená židle – takový obrázek Gurko nejednou vídal v jiných domech, který navštívili zloději. Iriščin tichý koutek si takhle vůbec ani nedokázal představit.

„A kde je… ona?" mluvilo se mu špatně, snažil se přitom nedívat na bílou blůzičku pečlivě pověšenou na ramínku ve skříni otevřené dokořán.

„V márnici, kde jinde by byla," odpověděl Šanin. „Našli ji kousek odtud u místních jeslí… Má nějaké příbuzné?"

„Má jenom tetu někde v Magnitogorsku. Nestýkala se s ní. Matka jí zemřela před třemi lety, spřátelili jsme se spolu…" Gurko se odmlčel, neměl chuť zasvěcovat Šanina do svého soukromí.

„Byla bestiálně zavražděna," prozradil Šanin a zeptal se: „To žila dočista sama? Neměla žádné známosti, nestýkala se s nějakými pochybnými existencemi?"

„Žádní pochybní lidé se kolem ní nemotali," rozhodně ho přerušil Gurko. „Byla to hodná holka. Takoví lidé už dneska široko daleko ani nejsou."

Gurkovi neměli žádné děti. Čí to byla vina, to zůstalo pro oba záhadou, a protože měli jeden druhého v úctě, rozhodli se, že nebudou po tom tajemství pátrat, a žádná vyšetření nepodstoupili. Měli se velice rádi, tvořili vyrovnaný harmonický pár a nechtěli svalovat vinu jeden na druhého.

„Prostě nám to není souzeno," došli k závěru a přestali o tom jednoduše mluvit. Jednou slyšeli o dětech ze zkumavky, jenom se však na sebe podívali a nemuseli si nic říkat – bylo už pozdě.

S Iriščinou matkou se spřátelili už před spoustou let: tehdy uprostřed noci přiběhla sousedka k Jelizavetě Ivanovně s prosbou o pomoc, protože její tříletá dcerka spolkla minci. Gurko nastartoval auto a všichni se rychle rozjeli do Filatovovy nemocnice.

Ve Věře, Iriščině matce, poznali příjemnou ženu, její muž byl fyzik, veselý a společenský člověk, a obě rodiny se začaly přátelit; nenavštěvovali se jen, když někdo něco potřeboval, ale i jen tak jakoby bezdůvodně, společně slavili všechna výročí a svátky, pořádali hlučné pikniky s vodkou a šašliky, a to všechno se pojilo s nádhernými příhodami. Veselou, baculatou Irišku měli všichni v lásce, byla u všeho, co její rodiče podnikali.

Takové nevšední přátelství trvalo několik let, až pak náhle Iriščin otec Fjodor zemřel. Teprve tehdy se dozvěděli, že už několik let zápolil se smrtelnou chorobou, aniž o tom měla jeho žena potuchy, neboť nikdy nedal najevo své trápení. Pak odešla ze života i ona, sedmnáctiletá Iriška zůstala ve velkém třípokojovém bytě sama.

Iriška byla zcela soběstačná už za života svých rodičů, když se však na ni Pjotr Semjonovič tak díval, potají snil o tom, že by se k nim mohla přestěhovat. Jednou na to zavedl řeč se svou ženou, pak to dokonce Irišce navrhl, ta se však bez dlouhého rozmýšlení rozhodla zůstat sama. Přece jenom však byla ještě tak mladá, že se o ni Gurko bál – nejen z doslechu věděl, jaká nebezpečí číhají na dívku bez rodičovského dohledu. Všechno ale dopadlo dobře, Iriška vystudovala se skvělým prospěchem a Gurka požádala, jestli by jí nemohl sehnat nějakou práci, dokud se sama nerozhodne, čím by chtěla být.

Od té doby se už tak často nevídali. Manželům Gurkovým bylo trapné příliš obtěžovat svoji sousedku, třebaže jim dělalo starost, když ji někdy někdo doprovázel pozdě v noci domů. Občas k nim Iriška zašla, to když jim chtěla oznámit nějakou novinku, jednou s sebou dokonce přivedla sympatického mladíka se světlými vlasy, který se jmenoval Goša a studoval medicínu. Nijak zvlášť velkou náklonnost k němu nedávala najevo a Gurko byl přesvědčen, že Goša u ní nikdy nezůstal přes noc.

A tak šel život. Jelizaveta Ivanovna pekla pirožky, její manžel je nosil Irišce, ale nikdy už neřekl nahlas, že to děvče pro ně bylo jako dcera.

…Když Šanin ukončil prohlídku bytu, Gurko se vrátil domů, převlékl se, a aniž řekl své ženě, co se stalo, vypravil se na kriminálku.

Kapitola 2

„V našem společném povolání, vážený, se pohybujeme na nesmírně tenkém ledě. Jsme na tom jako piloti, nesmíme si dovolit jedinou, sebenepatrnější chybu..." vedl přednášku Ilja Monastyrskij a upřímně se pokoušel splnit příkaz ze světelné tabule, že se má připoutat, ale ať dělal co dělal, pásy pro něj byly příliš krátké. Překáželo mu obrovské břicho, takže hned při nástupu do letadla navrhl letušce, aby místo běžných pásů zavedli pro zvláště korpulentní cestující pořádné řemeny podobné těm, které používá on, aby mu nepadaly kalhoty. „Sebemenší psychoanalytikova chybička totiž může mít nepředstavitelné důsledky... Xeničko," odbočil, „neměla bys tam ještě něco k pití?"

Xenie mu podala svou skleničku s minerálkou, Monastyrskij ji naráz vypil a zadýchal se, jako kdyby právě vykonal nesmírně namáhavou práci. Pak se znovu obrátil na svého spolubesedníka z Kyjeva, drobného, čiperného psychologa se šedivou bradkou a velkýma hnědýma očima.

„Ale co vám mám vykládat, vždyť to znáte sám. A nemusíte ani nic hledat v učebnicích. Můj známý psychoanalytik se dostal do příšerné deprese, když jeho pacientka spáchala sebevraždu. A to se nestalo proto, že by její léčení nebylo úspěšné, kdepak! Můj přítel udělal hrubou chybu, když se více než je třeba ztotožnil s jejími problémy... Vždyť psychoanalytik není žádný pánbůh, je to dočista obyčejný člověk z masa a kostí a všelijakého... promiňte, prosím... prevítstva... Mám samozřejmě na mysli komplexní pohled. Přitom jde o prevítstvo vzdělané, znásobené vědomostmi o různých druzích zmíněného svinstva... Proto sezení s pacientem jsou pro lidi naší branže chozením po uzounké pěšině na samotném okraji propasti. Jestliže se analytik dopustí sebemenší chyby a zkrátí vzdálenost mezi sebou a pacientem o jediný milimetr, jestliže si začne jeho problémy přivlastňovat, nebo projeví sebemenší elementární účast, chci tím říct, jestliže přestane náš člověk třeba jen na okamžik stát nezúčastněně stranou, vzápětí následuje odplata. A místo aby svému pacientovi pomohl, situaci jenom zhorší. Je-li pacient silná osobnost, mohou nastat nejnepředstavitelnější následky. Jak se říká – krok navíc doleva, krok navíc doprava – a následuje poprava..."

Monastyrskij dnes začal pít už v hotelu, a teď, po skleničce vodky podávané k obědu, řečnil s obzvláštním zaujetím: on totiž ještě navíc dokázal upoutat posluchače i tehdy, když kázal jen moudra z učebnic. Xenie pohlédla koutkem oka na spolubesedníka Monastyrského, který mu naslouchal bezmála s otevřenou pusou.

Usmála se a představila si, kdyby někdo začal kázat podobné věci před střízlivým Monastyrským. „Kamaráde," řekl by mu přezíravě a strašně by se přitom mračil, tak se ostatně tvářil vždycky, když byl střízlivý, „to jsou tak primitivní záležitosti, že není na místě, aby je dospělý analytik vůbec říkal nahlas..."

Přesto však sám vedl řeči na takové úrovni po celou dobu konání týdenního sympozia evropských analytiků v německém Výmaru. Monastyrskij, dlouholetý Xeniin kolega a přítel, sukničkář, alkoholik, kdysi vynikající psycholog, byl na sympozium pozván jen díky jejím známostem. Každý večer, než zamířil do svého pokoje, dělil se s Xenií o své dojmy z diskutování s kolegy, s nimiž se obvykle setkával jen výjimečně.

„Jenom si to představ," vyprávěl upřímně rozčilený Monastyrskij, „nejenže ta ženská nosí brýle, které jí neuvěřitelně zvětšují oči, ona je ke všemu ještě i hluchá! Kdes to viděla, Ksjucho, aby psychoanalytik, jehož hlavním úkolem je naslouchat, byl hluchý jako poleno?! Já se jí ptám, jestli jí nevadí při sezení s pacienty její kouzelné brýle. A víš, co mi ta kačena odpověděla? Řekla mi, že si na ně naštěstí zvykla, protože je nosí už od dětství. Ani v nejmenším ji nenapadlo, že jsem neměl na mysli ji, ale její nešťastné pacienty…"

Xenie vyrážela poměrně často „do světa", ve svém věku už stačila vidět celou armádu takových ufňukaných psychologů, a jenom si z nich dělala legraci. Monastyrskému například navrhovala, aby si otevřel něco jako kosmetický salon pro psychoanalytiky, a tam je upravoval tak, aby vypadali pro pacienty přijatelně.

Monastyrskij prskal a odcházel k sobě do pokoje, aby u sklenky vodky na všechno zapomněl, Xenie, která na takových akcích vždycky maximálně využívala času, se vydávala na toulky městem.

V podstatě měla podobné podniky ráda z několika důvodů. Za prvé se cítila příjemně ve společnosti svých kolegů. Většina lidí, se kterými byla v kontaktu, byli její nejbližší přátelé, a dříve nebo později ji začínali považovat za ošetřujícího lékaře a bezděčně u ní hledali pomoc. Když se ocitla v prostředí sobě rovných, jimž profesionální vyhraněnost a umění naslouchat nedovolovaly zatěžovat druhé svými vlastními problémy, odpočívala.

Druhý důvod byl zcela banální: k smrti ráda cestovala, ráda shromažďovala nové dojmy, seznamovala se s novými městy, zeměmi, tvářemi. Věděla, že vánoční Výmar se svým výjimečným středověkým osvětlením, uzounkými dlážděnými uličkami, nádhernými parky a s Goethovým duchem vyzařujícím tady odevšad, získá v její sbírce zvláštní místo. Toulala se výmarskými uličkami tonoucími v mléčné mlze, která tu, jak jim bylo řečeno, byla v tomto ročním období docela běžným jevem, a nevycházela z nadšení z nápaditosti organizátorů sympozia. Místo lepší než Výmar si teď pro shromáždění psychoanalytiků nedokázala představit.

Nehledě však na všechna ta kouzla měla Xenie nejraději návraty domů. Ne že by byla taková zkostnatělá patriotka a že byla ochotná přehlížet nedostatky „rodných míst". Už po dvou třech dnech v zahraničí se jí začalo ukrutně stýskat a dokonce ten nejposlednější alkoholik mluvící rusky jí připadal jako nejrafinovanější inteligent a jídelní lístek v rodném jazyce (třeba s gramatickými chybami) pro ni byl vrcholným kulturním zážitkem.

A tak teď, když viděla blížící se světla Šeremeťjeva, pociťovala radost, která se nedala s ničím srovnat. Moskevský život, který jí zcela vešel do krve, netrpělivě očekával svou domácí paní. Začala si uvědomovat, jak se jí stýskalo po práci, po onom přísně vymezeném pracovním rozvrhu, který se rodil mnoho let a který považovala za jediný správný. Zformoval z ní takovou osobnost, jakou je, osobnost důvěřující sobě i lidem kolem, osobnost, která se dokáže vyrovnat se všemi problémy, jež si pro ni život přichystal.

Ohnivá řeč Monastyrského, která samozřejmě nebyla určena jejím uším, ji nijak nedojala. Řídila totiž sama sebe, a to nikoli jen při kontaktu s pacienty, ale i v běžném životě, kterému nedovolovala ani trošku měnit pravidla.

Letadlo plynule přistálo, což vyvolalo potlesk cestujících. Letušky se s nimi s úsměvem loučily, Xenie na rozloučenou štípla Monastyrského do tlustého boku a seběhla po schůdcích. Sledoval ji kalnýma očima a pak se znovu obrátil na psychologa z Kyjeva, jako by ho chtěl získat za svého žáka.

Xenie si s sebou nikdy nebrala moc věcí, zkušeně se protáhla zeleným koridorem, vrazila do muže stojícího stranou, který si co chvíli upravoval brýle a četl nějakou knížku.

„No samozřejmě," řekla při pohledu na obálku, „stačí, abych na pár dní odjela, ty ostentativně začneš číst Sto roků samoty."

Sergej k ní zvedl oči, chvilku si ji prohlížel, jako by ji nepoznával, a pak se usmál:

„Ona to četla Aňka a hned mě začala zasypávat otázkami, jenomže jak jsem zjistil, mně se všichni hrdinové v hlavě nějak popletli."

Políbil ji na rty, pak trochu odtáhl límec u jejího svetru a dal jí pusu na krk.

„Bude ti příšerná zima," řekl, očima sklouzl na její lehkou bundičku a vzal jí z rukou tašku. „Tady totiž mrzne, až praští."

„No to je fajn!" řekla radostně Xenie. „To je fajn, že tady máme pravý sibiřský mráz... Ve Výmaru je to samá mlha."

Vyšli z letištní budovy a dorazili ke svému staričkému modrému vysloužilci na placeném parkovišti.

„Jezdí to ještě vůbec?" zeptala se, když otvírala dvířka.

„Jezdí," odpověděl Sergej s něžným pohledem na auto. „A ještě dlouho bude!"

„No to si s ním už budeš jezdit sám," řekla nazloběně Xenie. V autě byla zima. „Když ten svůj rozhrkaný krám tak miluješ, tak si ho miluj. Já si koupím nové... Tohle se plazí jako šnek."

Za krám jejich auto jednou označil Monastyrskij, který byl přesvědčen, že se v něm dá leda klábosit, nikoli však jezdit.

„Bude jezdit ještě aspoň pět let," jako vždy hájil svého vysloužilce Sergej a nastartoval. „Vem si kožíšek, je na sedadle vzadu."

Kapitola 3

Gurko strávil na svém bývalém pracovišti celý den. Bylo to mimo jiné tím, že neměl jedinou chuť vracet se domů; dobře věděl, že domovníci tu zprávu dozajista roznesli, kam se dalo, ale manželka že přesto o ničem neví – nikam dnes neměla v úmyslu chodit a se sousedy se kromě Irišky nestýkala. Navíc jí volal, aby jí oznámil, že k obědu dnes nepřijde. Líza byla v pohodě, jenom mu řekla, že opička Dosja, kterou na „chviličku" pustila, aby se proběhla po bytě, nadělala trochu binec: rozbila její oblíbenou sošku dívky v krinolíně a s volánky, která hrála na klavichord, potrhala tylové záclony v kuchyni, počurala pohovku v obýváku, a když na ni promluvila přísným hlasem, plivla jí do obličeje. Za to je přivázaná na řemínku.

„A teď," dodala ještě manželka, „sedí celá ubrečená. Ty přece víš, jak se umí předvádět... Vrátíš se brzy?"

Dočista si neuvědomil, že ho žena nevidí a kývl, pak sluchátko položil.

„Dej mi cigaretu," požádal Šanina, z jehož pracovny volal.

Nikolaj mu mlčky podal krabičku. Gurko si vzal cigaretu a vykouřil ji s nebývalou rozkoší.

„A to jsme to děvče chtěli pozvat na Nový rok," vzdychl zničehonic nahlas.

„Teď je takových případů plno," promluvil Šanin. „Mnohem víc než dřív. Ti smradi to okoukají z té bedny s obrázky... a hurá na to! Nedostaneš je. Kdyby měl takový pacholek aspoň nějaký důvod, ale on to udělá jen proto, že ho to prostě napadlo... Po Mlčení jehňátek v televizi by se mohla pozavírat za lidožroutství třetina města. A prý – byl to jen takový nápad..." Vztekle od sebe odstrčil fotografie. „A tohle je výsledek!"

Na fotografiích byla Iriška. Lépe řečeno to, co z ní zůstalo. Jako kdyby si ten vrah chtěl být úplně jistý, zabíjel ji už mrtvou. Dnes ráno Iriška nepřišla do práce. Její tělo objevil muž, který šel vyvenčit psa, bylo to dvě hodiny po činu. Ležela v nepřirozené poloze na břiše, s nepřirozeně vytočenou hlavou, se zkrvavenou tváří vzhůru. Gurko koutkem oka pohlédl na snímky a zeptal se:

„Co chceš dělat?"

„Budu na tom makat," povzdechl si Šanin. Zamyslel se. „Co to bylo za kluka, jak tam za ní chodil, ten z té lékařské fakulty?"

„Úplně obyčejný kluk," odmítl to Gurko. „Ručit za něj samozřejmě nemůžu, nikdy neodhadneš, co se člověku honí v hlavě, ale podle mě to je slušný člověk. Na maniaka nevypadá."

„Jak jsi přišel na maniaka?" podivil se Šanin. „Dokonce ani neznal její adresu... Jen tak mimochodem, nemá ani alibi. Prý spal na koleji. Nemá jediného svědka, spolubydlící odjel, studenti se většinou rozjeli všude možně. Zeptal jsem se ho, proč neodjel taky, a on že doma nikdo není. Rodiče jsou geologové a potloukají se někde po Sibiři... Nehádali se ti dva?"

„Asfyxie, znásilnění, proražení lebky, čtrnáct přesných ran nožem... jako kdyby to provedl robot," monotónním hlasem vypočítával Gurko, až to vypadalo, že Šanina neposlouchal. „To je maniak, Koljo. A běhá si vesele na svobodě."

Kapitola 4

Xenie už hezky dlouho čekala, kdy si konečně budou moct koupit nové auto. Jejich starého žigulíka neměla ráda kvůli nepředvídatelným překvapením, která jim připravoval, a také že se choval dočista jako člověk. To auto se dovedlo urazit jak rozmazlené dítě a žárlit jako stará ženská. Stačilo jen zkusit dát do něj něco nového – vyměnit pneumatiku nebo rozdělovač, a ta kára se okamžitě urazila a začala vymýšlet nová překvapení. Když Xenie potřebovala někam nutně jet, mohla si, aby zbytečně neztrácela čas, rovnou objednat taxíka, žigulík totiž nenaskočil.

Abychom byli spravedliví: Ano, auto neposlouchalo, ale jenom Xenii. Před Sergejem se nepředvádělo a on mu to oplácel stejnou mincí – třeba tím, že mu říkal chlapečku, pořád ho otíral hadrem a během jízdy si s ním pěkně povídal. Muž si z Xenie dělal legraci, když jí říkal, že je sice psycholog, ale k „autí" psychologii že se ještě nedopracovala. Xenie mu obvykle odsekávala a říkala, že naschvál ten zatracený stroj navedl, aby se tak choval a ona aby musela co nejvíc vysedávat doma.

O novém autě Sergej nechtěl ani slyšet, až Xenie ztratila trpělivost a všechny starosti vyplývající ze vzniklé situace dnešní doby vzala na sebe. Protože nešlo jen tak zajít do autosalonu a koupit si tam nového golfa, o kterém už dlouho snila, využila všech svých známostí, až nakonec našla partu, která jí za směšné peníze a ještě směšnější provizi za normální měnu přivezla z Německa skoro nový volskwagen. To se stalo těsně před odjezdem na sympozium, Xenie jim stačila zaplatit, vyřídit skoro všechny formality, přesto však nemohla mít z nového auta radost. Její „kočár" trpělivě čekal na majitelku v garáži, dokud nepřijela, a prostě si jen tak hověl.

Zbývalo jediné – zaregistrovat auto na policii. Nepříjemná a hlavně dlouho trvající formalita, kterou se Xenie rozhodla o několik dní odložit. Do Nového roku zbývaly dva dny a jí bylo naprosto jasné, že dopraváky nebude zajímat, co potřebuje.

Přesto si nedokázala odříct tu radost a šla se na autíčko podívat hned po ránu před odchodem na univerzitu, kde přednášela předmět zvýšení kvalifikace psychoterapeutů.

Zatímco tmavomodrý Sergejův miláček mrznul odevzdaně pod popraškem sněhu u podchodu, Xeniin fešácký golf, jak se to běžně dělá s drahými čistokrevnými dostihovými koňmi, tiše postával v teplém a suchém boxu dvoupatrové zděné garáže.

Xenie neměla ve zvyku rozmlouvat s neživými předměty, ztrácela tak trochu odvahu před novým autem, přesto se rozhodla povídat si s ním tak, jak to dělal Sergej se svým vysloužilcem.

„Tak ahoj," řekla a laškovně se prstem dotkla nablýskaného předního skla. „Otravuješ se, viď?" Golf nespokojeně mlčel. „Jen klid, vydrž," blekotala Xenie, „nebude to dlouho trvat a pěkně si spolu vyrazíme... Že ti to ale sluší! Už jenom ta tvoje barva, hochu..."

Auto bylo červené. Tu barvu Xenie nesnášela, ale vzhledem k tomu, že na golfa se dalo koukat jako na darovaného koně, kterému se nemá koukat na zuby, jednoduše dělala, že to nevidí, tím spíš, že ten kůň byl nevídaně krásný.

„Tak si tu postůj," řekla autu na rozloučenou, „dnes ještě pojedu metrem... Budou svátky, na každém kroku je zácpa, že se nikam nedostaneš..."

Při východu z garáže si uvědomila, že se usmívá.

V Moskvě bylo vše při starém. V metru se tlačila spousta všelijakých lidí, a protože měli na sobě teplé kožichy a kožíšky, vypadalo to, jako by jich tu bylo dvakrát víc než obvykle. Ulice byly doslova ucpané, nejspíš taky proto, že se na hlavní město sesypala spousta sněhu. Samozřejmě, v téhle zeměpisné šířce žádný sníh být nemá, mají tady být tropické lijáky, takže moskevský magistrát je rok co rok tím sněhovým přívalem zaskočen.

Xenie přednášela v budově fakulty žurnalistiky na Manéžním náměstí, kde zácpa vypadala obzvlášť beznadějně, zoufalí řidiči tu tvrdli a snažili se ukrátit si čekání nejrůznějším způsobem: někdo četl noviny, které mu prodavač přinesl pod nos až do auta, jiný poslouchal rádio, další se zuřivě rozčiloval s ostatními stejně postiženými.

Ovzduší tu bylo příšerně přesycené zplodinami z aut. Xenie si téměř okamžitě uvědomila, že ji poctila návštěvou alergická rýma, bezmocně kýchla a s proklínáním státní ekologické politiky zmizela v budově univerzity.

Přednášky vymyšlené kvůli tomu, aby si analytici mohli v Moskvě pořádně odpočinout, nebyly zvlášť náročné a Xenie si snadno odpřednášela vyhrazenou dobu, nepouštěla se nijak do hloubky a nenápadně si prohlížela posluchače, z nichž nad každým třetím by se starý Freud nejspíš rozbrečel. Přes to všechno se mezi nimi vyskytovali i normální lidé. Na konci přednášky, jak bývalo běžné, vzniklo cosi jako diskuze na téma Potřebují nás vůbec lidé? Světlovlasá dáma z Petrohradu s jemnými rysy ve tváři se Xenie zeptala, jestli si myslí, že se v této zemi, kde se obvykle podle tradice lidé zpovídají svým přátelům v kuchyni u láhve vodky, psychoanalýza jako instituce vůbec uchytí.

„Chci tím říct," pokračovala červenající se dáma, „že psychoterapeut v naší zemi, kde každý, kdo má nějakého přítele, i kdyby se jím takový člověk stal třeba jen jednou v životě z čistého altruismu, to bude mít těžké... Jde o to, že uživit se z peněz, které skýtá tato profese, jednoduše nelze."

„Já s vámi nemohu souhlasit," ožila naráz Xenie, která poslední půlhodinu tvrdě válčila se zíváním. „Nebudu vám tu hlásat banality typu Všechno záleží na kvalitě. Když bude odvedena kvalitní práce, bude i dost pacientů, kteří budou ochotni za ni zaplatit. I když vím, že ve skutečnosti to tak je. Řeknu vám jenom, že podle mého názoru žijeme v době, která je pro nás analytiky velice výhodná. V současné době dochází v naší společnosti k obludné ztrátě komunikace. Lidé, kteří pouze přežívají, se rychle odnaučili komunikovat s druhými, jak se to dělalo dřív. Nejspíš mi potvrdíte, že od dob, kdy jsme přestali žít v takzvané sovětské pospolitosti, ztratil každý z nás aspoň jednoho blízkého přítele. Nejde o obsah slova *ztratil* v plném jeho významu, jde o to, že jsme se přestali stýkat tak jako dřív... Lidé se stali osamělejšími, ale potřeba „zrcadla" zůstala, protože je jednou z nejdůležitějších lidských potřeb..."

Do diskuze se zapojil ještě jeden posluchač, pak další, až z toho vznikl tak zanícený spor, že když Xenie bezděčně pohlédla na hodinky, zjistila, že teď už přijde pozdě všude, kam ještě má jít.

Její na minuty rozpočítaný den se mohl zhroutit jako domeček z karet, a tak se bleskově rozloučila s živě diskutujícími posluchači, vyběhla z budovy a kožíšek si oblékala cestou.

Řítila se Moskvou jako vystřelená kulka, listovala v hlavě jako v zápisníku a připomínala si, co všechno musí udělat a s kým se má sejít. S uspokojením přitom zjišťovala, jak rychle se po výmarské volnosti vrací do bláznivého moskevského rytmu.

Až navečer se jí podařilo dostat k rodičům, u nichž už druhý den byla na návštěvě Aňa. Bleskově jim popřála k novoročnímu svátku, vybalila dárky z Výmaru, popadla dceru a vyrazila s ní domů.

Bylo už kolem desáté večer. Poloprázdné metro rachotilo vším, čím rachotit dokázalo a hnalo se tmavými tunely. Xenie s Aňou seděly ve vagonu až docela vzadu. Dcera s obvyklým úsměškem vyprávěla o svém dvoudenním pobytu u prarodičů a každou chvíli vyprávění prokládala uštěpačnými poznámkami. Xenie toho měla za celý den plné zuby, unaveně jí vysvětlovala, že starších lidí je třeba si vážit a ty staré že je třeba nejen litovat, ale mít s nimi i trpělivost, protože člověk je má rád, proč by jim tedy neprominul drobné nedostatky, ale jaképak nedostatky, patří jednoduše do jiného pokolení, byli vychováváni na jiných principech – atakdále, atakdále. Dcera odmlouvala a tvrdila, že nejde o rozdílnou výchovu, ale o stařecký marasmus a že kdyby měla být ve stáří stejná, tak že bude lepší, když se takového věku ani nedožije a umře mladá, aby si nepokazila mínění o sobě.

Xenie pomalu zvedla hlavu a její oči se setkaly s očima muže, který stál u dveří a upřeně ji pozoroval. Odvrátila od něj pohled a mírně pokrčila rameny. Ať si kouká, jen ať se podívá, no a co, však se na ni v metru dívá spousta mužských. V jeho pohledu ale bylo něco zvláštního, navíc měla dojem, že už tu protáhlou tvář s nezvykle světlýma očima a pevně sevřenými rty někde viděla. Znovu na něj zběžně pohlédla. Ten muž tam pořád stál a soustředěně četl noviny, takže měla možnost dobře si ho prohlédnout. Měl perfektní oblek, evidentně chodil k perfektnímu holiči a podle zevnějšku nejspíš patřil k takzvané střední vrstvě, které se daří velmi dobře.

Přesto však Xenie došla k závěru, když se ten člověk na ni teď nedíval, že se mýlila a že ho ve skutečnosti nikdy předtím neviděla. Jeho profil s krátkým jakoby uťatým rovným nosem jí nikoho nepřipomínal.

I tak ji však jeho pohled mírně udivil – sama se na něj podívala ještě několikrát, ale muž se tak soustředil na noviny, že své podezření přičetla únavě a snažila se na všechno zapomenout.

Kapitola 5

Sergej Xenii pár minut pozoroval, jak se svléká a uklízí si šaty do skříně, usmál se, když poskakovala po jedné noze při svlékání kalhot, tichounce k ní přistoupil a políbil ji na rameno, když si sundala svetr.
Xenie dobře věděla, že se na ni dívá, svlékala se pomalu a vábila ho plavnými, jakoby unavenými pohyby.
Sergej jí přejel prsty po údolíčku na zádech, zatímco druhá ruka mu zajela pod tenounkou košilku, vyhledala tam ňadra a dotkla se bradavky. Xenie se tiše zasmála:
„Ty to chceš tady?"
„Mám na to právo," hlesl sotva slyšitelně a přivinul ji k sobě.

... Sex s manželem byl pro Xenii stejně příjemný jako všechno v jejím harmonickém životě. Přesně věděla, co jí milování přinese, a především věděla, co Sergej potřebuje od ní a co ona od něho. Za celou dobu jejich manželského života by Xenie dokázala na prstech spočítat, kdy se jí v posteli podařilo prožít až nepříčetně krásné chvíle, až do dnešního dne ale vlastně nevěděla, jestli na ně vzpomíná s potěšením, nebo ne. Lépe řečeno nebyla ani schopna takového rozpomínání, protože prakticky nic víc, s výjimkou vlastního bláznivého přání, si z toho nepamatovala. Vzhledem k tomu, že z duše nesnášela, když při jakékoli činnosti nebyla schopna zaměstnat si mozek, jak tomu sama říkala, dalo by se soudit, že takové chvíle jí spíš byly nepříjemné.

Sergej patřil mezi taktní lidi, rychle se zorientoval, co se jeho ženě líbí, co ji dráždí, zanechal všech experimentů v téhle oblasti jejich soužití a plně přenechal právo na iniciativu Xenii.

Od té doby jí intimita přinášela stejně hodnotné uspokojení jako jarní procházky arbatskými uličkami, kde znala každý kámen, kde její zrak čas od času oblažila nějaká neškodná novinka, která ostatně nezměnila její pohled na všední svět.

„Trochu jsi přibrala," řekl Sergej, když si zapaloval cigaretu.

„Vážně?" podivila se s pramalou radostí v hlase. „Ani jsem si toho nevšimla... Budu se muset víc hýbat."

Leželi na pokrývce nazí, svítila na ně jen lampička z nočního stolku. Cigaretový kouř vytvářel klikyháky, bloudil po pokoji a zůstával zavěšen někde v půli cesty mezi podlahou a stropem. Xenie se zamračila:

„Serjožko, nesnáším, když kouříš v ložnici. Zvláště v zimě."

„Volala Marinka," řekl, aniž by reagoval na její slova. „Zase se tam u nich něco semlelo."

„A co?" zeptala se klidně.

„To jsem nepochopil," pokrčil rameny. „Snad se někam ztratila Věrka, nebo mají nemocného psa. Zavolej jí."

„Hm. Kde oslavíme Nový rok?"

„To si rozhodni sama." Sergej se protáhl. „Zvala nás

Marina, zvali nás tvoji i moji rodiče, Goroděčtí a Kurica s manželem."

Xenie se trochu zamyslela.

„Mně se nechce nikam. Co kdybychom je všechny pozvali k nám? Kromě rodičů. K nim zajedeme druhý den."

„Nádobí necháme na ráno?"

„Umyjeme ho spolu a spolu si k tomu budeme zpívat. Aňka zůstane doma?"

„Ano."

„Tak jim řekneme, aby přijeli i s dětmi. Upeču jim dort se šlehačkou. Koupíme ananas."

„Tak dobře, souhlasím." Sergej si zdlouha zívl. „Nebudem už spát?"

Xenie zalezla pod pokrývku:

„Budem. Jenom to tu pořádně vyvětrej."

Dýchala silný mrazivý vzduch a usnula dřív, než muž stačil okno zavřít. Ještě než upadla do hlubokého spánku, na okamžik se jí vybavily oči toho muže z metra, neuvěřitelně světlé oči s tmavým lemováním kolem duhovky a titěrnou panenkou, která jako by se zaměřovala na cíl.

… Před novoročním svátkem měla Xenie dohodnuté jedno sezení, takže ráno vstávala společně se Sergejem, který se chystal do práce; chtěla být v pohodě, až se pacientka objeví.

Na včerejší mužovu poznámku Xenie nezapomněla a rázně se rozhodla shodit přebytečná kila. Natáhla si tepláky, sportovní boty, pletenou šálu a vyběhla do zimního rána, kterému stále ještě vládla tma.

Sergej venku pobíhal kolem promrzlého auta, Xenie na něj mávla rukou a zmizela za rohem.

Moskva se teprve probouzela, aut moc nejezdilo a mrazivý ranní vzduch jí připadal docela čistý. Doběhla k malému parčíku na konci ulice. Tady se zastavila, a aby se zahřála, trochu si zacvičila. Kolem ní prošel ospalý chlapec, krčící se do bundy. Vlekl na vodítku stejně ospalého pejska, který neměl na procházku ani pomyšlení. Kluk si také něco bručel pod nos a Xenie, která cítila, jak se jí po cvičení rozlévá tělem příjemné teplo, se za ním usmála.

Když jí zmizeli někde v husté ranní mlze za promrzlými stromy, ocitla se dočista sama a po nějakou dobu slyšela svůj zrychlený dech. Vtom zpozorněla a dech zadržela. Ještě chvíli zůstala stát a pak se mírným poklusem rozběhla. Najednou se zastavila a naslouchala. Ten zvuk se už neopakoval. Zřejmě zapraskaly zmrzlé větve, napadlo ji a znovu se rozběhla směrem, kterým zmizel chlapec.

Uběhla už dost daleko, ale chlapce s pejskem nikde neviděla. Xenie nepatřila mezi bázlivé lidi, neustále však za sebou slyšela nějaké lehké kroky. Pocítila kolem žaludku nepříjemný pocit, otočila se o sto osmdesát stupňů a rozběhla se zpátky k východu z parku.

Za ní určitě nikdo nebyl, když ale běžela kolem tří rozložitých jedlí stojících jako stráž až u samotné aleje, měla pocit, že se tam někdo schovává. Nezastavila se, jenom tam stočila oči, až ji z toho zabolela hlava, stejně však nic neviděla. Když doběhla k prvním domům na okraji parku, přešla do klidné chůze.

Tady už chodili lidé – zamračení, nevyspalí muži, děti spěchající do školy a babičky, které takhle brzy ráno pospíchaly kdovíkam. Xenie se několikrát prudce otočila. Lidé, kteří šli za ní, vypadali zcela všedně a nepůsobili nijak podezřele. Maminka tlačící kočárek s dítětem zachumlaným až po uši, hlava rodiny podobně jako dítě celá zahalená do šály se pořád snažila spěchající ženu dohnat, stále však zůstávala pozadu. Skupina výrostků, kteří do té zimy nebyli oblečeni vhodně, měli kožené bundy samý cvoček, babička se síťovkou, v níž mírně vyzváněly prázdné láhve posbírané na ulici.

Před domem se Xenie konečně uklidnila, jenom se pořád nemohla zbavit takového tísnivého pocitu, který se v ní usadil už v parku. Co se to se mnou děje? uvažovala; že by nervy, madam? Třeba se mi to všechno jen zdálo... V parku může být v noci ledaskdo. Veverka, nějaký pes... Čeho jsem se tak lekla? Nejspíš jsem už odvykla za ten týden naší ruské skutečnosti.

To mělo k pravdě nejblíž. Pocit bezpečí, který Xenie pociťovala po příjezdu do evropské země, vnímala téměř fyzicky a teď, když byla doma, nedokázala se tak rychle vrátit do normálu. Nešlo o to, že by očekávala nějaká nepříjemná překvapení, kterými její vlast tak oplývala v posledních letech, šlo o její obvyklé rozpoložení, které by se dalo označit jako bdělost na každém kroku. I když se po návratu z Výmaru necítila vyčerpaná, všechno to, co prožila v parku, svědčilo o úplném opaku.

Nespokojeně kroutila hlavou, když volila kód pro otevření těžkých ocelových vrat. Musela je vždycky přidržet, jinak dokázala bouchnout tak hlasitě, že to bylo slyšet i v sedmém patře, kde bydlela. S velkým úsilím vrata brzdila, až se konečně otevřela, a ještě předtím, než vstoupila na dvůr, nahlédla dovnitř, kde už byly vidět první známky svítání.

U dětského hřiště se skluzavkou a pískovištěm se svou nehybností podobala stromům vysázeným kolem tmavá silueta nějakého muže. Xenie sebou prudce trhla, pustila těžká vrata, která hlasitě bouchla, a ozvěna se rozletěla po schodišti starého moskevského domu.

Kapitola 6

„Nechte ji vyspat a ráno v devět si zavolejte obvodního doktora," řekl zdravotník ze sanitky, takový drobný, posmutnělý Armén, který tu byl ze záchranky už jako třetí doktor za noc.

„Díky," řekl Gurko, kývl a zavřel za ním dveře.

Zůstal stát v předsíni a poslouchal. V místnosti se zvířaty bylo i v noci nějaké podezřelé hemžení: nějaké zvíře tam vykřikovalo ze spaní, jiné trápila neustálá obrovská chuť k jídlu, a tak hrabalo v koutku klece, jestli tam něco dobrého nezapadlo, další, zřejmě šlo o zvíře lovící v noci, se právě probudilo a naivně bylo přesvědčené, že se vzápětí musí vydat na lov.

V ložnici bylo ticho. Gurko přistoupil k otevřeným dveřím a dlouho odtud s obavami pozoroval bledou ženinu tvář.

Včerejší rozhovor neustále odkládal, přesto však na něj musela přijít řada.

„Kdy jsi naposledy viděl Irišku?" zeptala se najednou žena, když sklízela po večeři ze stolu. Tehdy jí všechno řekl, aniž k ní pozvedl oči.

Mlčky ho vyslechla, jenom si sedla na samý kraj židle a přidržela si ruku na ústech. Gurko na manželku nenápadně pohlédl a rychle sklopil hlavu, nedokázal se jí dívat do očí, které jako by najednou byly bezedné.

„Tak takhle to je…" sotva slyšitelně řekla Jelizaveta Ivanovna. „Tak takhle…"

Udělala pár kroků ke dveřím a najednou upadla – převrhla židli a silně se uhodila na podlaze do hlavy.

Gurko tiše zavřel dveře do ložnice a odešel do kuchyně. Vzal židli, postavil ji k vysoké skříni, s hekáním si na ni stoupl a dlouho šátral rukou nahoře, až si ji celou umazal od bílé omítky. Něco si bručel pod nos tak dlouho, dokud tam nenašel krabičku cigaret značky Java, kterou si tam schoval před několika lety.

Pak usedl ke stolu a zapálil si na troud vyschlou cigaretu, vzal ze stolu papír a pero. Pokoušel se zapomenout na strašné poslední Iriščiny snímky a hlasitě řekl:

„Tak co vlastně máme? Máme tu vraždu spáchanou obzvláště odporným, hnusným způsobem, což nás vede k myšlence, že jde o psychicky narušenou osobu, o maniaka." Odmlčel se a zamyšleně kreslil na papíře kytky. Pak dodal: „Nebo, jak říkají tam za oceánem, o masového vraha…" Opět se chvíli odmlčel, takže se zdálo, že se zcela soustředil na malování kytek. „Jde-li o masového vraha, předpokládá se, že došlo k řadě vražd, které spojuje stejný způsob provedení… Dobře… Tedy dobře… Dobré je to, že v archivu stále ještě pracuje Tánička. Pámbu ví, co bych si bez ní počal…"

Taťjana Romanovna Samochinová už před dobrými dvaceti lety přestala být Táničkou. Tak ji samozřejmě neoslovovali cizí lidé. Došlo k tomu kvůli jejím mírám: během několika posledních desetiletí se začala podobat mohutnému zaoceánskému parníku, který se jen s námahou dokázal otočit v chodbách archivu pro ni příliš úzkých. I její hlas tak trochu připomínal houkání lodí, byl hluboký a silný a zněl jako ozvěna vycházející z nejhlubšího nitra jejího mohutného těla.

Ovšem nejzávažnějším důvodem, proč měla takovou autoritu, byla její profesionální nenahraditelnost. Měla geniální paměť a v archivním labyrintu byla jako doma. Gurko si ji občas představoval nikoli jako neoddělitelnou součást této instituce, ale představil si archiv s celým tím labyrintem a tajuplnými kouty jako součást jejího mohutného organismu.

To byl hlavní důvod, proč Taťjana Romanovna zůstala ve funkci archiváře bez přestávky čtyřicet let, zatímco na vrcholných místech se vystřídala spousta jejích nadřízených, vedoucími oddělení počínaje a ministry konče.

Pokaždé, když Gurko viděl Samochinovou majestátně si vykračující chodbou, vždycky, když zaslechl její zvučný, vyrovnaný baryton, znovu získával ztracenou důvěru v neporušitelnost zákona a v sebe jako jeho zástupce.

Ona sama by snad dokázala nahradit programy všech počítačů na světě, to bylo obzvlášť důležité, protože celý archiv stejně nešlo beze zbytku převést na počítačové nosiče.

Když Gurko vstoupil do její pracovny, Samochinová ho přivítala tak přátelským úsměvem, jako kdyby se rozloučili včera, a on se hned cítil mladší. Vzhledem k výjimečnému postavení, jaké tu Samochinová měla, si mohla dovolit „zapomenout", že Gurko je penzista a tím pádem že nemá nejmenší právo na přístup k archivovaným údajům.

„Sháníte něco, co se stalo hodně dávno?" zeptala se jakoby nic, jako by ani neuplynulo tolik let.

„Jde mi o něco pěkně starého," přitakal s úsměvem, „o něco, co už má hodně dlouhé vousy. O masové vrahy."

Samochinová se usmála.

„Takoví se u nás dají na prstech spočítat," řekla mu. „Lidé jsou u nás vynalézaví, i takový masový vrah pracuje pokaždé jinak. A než se k takovému vrahounovi policie dostane, zavře třeba spoustu jiných za zločiny, které má na svědomí on. Víš přece dobře, co tím chci říct..."

Gurko věděl příliš dobře, co tím Samochinová myslí. Věděl, že ten, kdo měl na starosti všechna vyšetřování, netoužil po nějakém nevyřešeném případu ve svém oddělení, a tak tlačil na vyšetřovatele. Věděl, že vyšetřovatel se neobtěžoval ani trochu se pohrabat v archivu, takže dokonce ani netušil, že kousek od něj došlo k podobnému zločinu. Takový člověk nosil v hlavě především to, že na něj čeká další případ a že do basy posadí jednoho nebo i deset nevinných, dokud se nepodaří skutečného maniaka, který po řadu let chodil po světě v naprosté pohodě, chytit přímo za ruku. Teprve pak vybuchne bomba. Vrah ve snaze zachránit si svou kůži upřímným doznáním začne vyšetřovateli dopodrobna vykládat úplně všechno a metodicky vypočítává všechny zločiny, které spáchal a ze kterých byli obviněni jiní.

Gurko mlčky před Samochinovou položil složku s kopiemi všech Iriščiných materiálů. Nějakou chvíli bylo v pracovně ticho, které rušilo jenom šustění otáčených listů.

Konečně Samochinová od sebe složku odstrčila.

„A jak můžeš vědět," zamyšleně se zeptala, „že něco takového už udělal? Co když je to pro něj prvně?"

„No vidíš," pronesl radostně Gurko, aniž odpověděl na její otázku. „Ty si taky myslíš, že je to masový vrah."

„Prevítů tohohle typu je na světě spousta," nesouhlasila Samochinová, „ale masoví vrazi... Čikatilo, Fišer a ještě ten maniak z Vitebska... Tak proč si pořád myslíš, že tohle není jeho první zločin?"

„Intuice," stručně odpověděl Gurko. „Tak podíváš se na to? A na odsouzené taky."

„Za jak dlouho?" věcně se informovala Samochinová a namáhavě zvedala z křesílka své tělo.

„Tak za posledních deset let."

Hvízdla si.

„Ty seš pořád stejnej... Vždyť ani nevím, čím mi zaplatíš..."

„Naturáliemi," přitrouble se uchechtl.

Otočila se k bývalému vyšetřovateli a shovívavě na něj pohlédla.

„Papriko jeden starej," řekla a v hlase jí zaznívalo trochu lítosti. „Tak jo, mrknu na to. Ale jenom na fakta. Všechno další bude na tobě."

Kapitola 7

„Já každý let strašně prožívám," říkala Káťa a zamyšleně se popotahovala za náušnici v ušním lalůčku, bylo to takové malinkaté zlaté srdíčko se zeleným kamínkem uprostřed. „Slyšela jsem, že i jiní létají ve spánku, mluví pak o šťastném letu a tak... U mě to takové není. Mně se třeba zdá, že jedu stále rychleji a rychleji autem, až už se to auto nedá ovládat a začínají z něj odpadávat všelijaké součástky, nakonec se rozpadne celé a já letím nízko nad zemí, zato ale šílenou rychlostí, v rukou držím volant... Pak i volant někam zmizí, já se vznesu tak strašně vysoko, až je mi z toho příšerně, mám hrozný strach, že spadnu, a všechno ve mně ztuhne hrůzou..."

„Padala jste někdy ve spánku?" zeptala se Xenie, která pozorně naslouchala své pacientce.

„Promiňte," řekla se pro jistotu pacientka, protože nerozuměla otázce. „Ne... To si nevzpomínám. Myslím, že jsem nepadala. Nebo možná padala, ale vážně si nevzpomínám... To ale není důležité. Hlavně si ze spánku pamatuju, že pád pro mne znamená smrt."

„Ta noční můra začíná vždycky stejně? Jedete autem a tak dále..."

„Ne, vždycky ne. Je to různé. Například vylezu na

vysokou horu a bojím se slézt dolů. Nějakou dobu se o to pokouším, ujíždějí mi ale nohy, v hrůze zůstávám viset nad propastí, a potom stejně spadnu a letím."

„V takovém případě váš let přece znamená záchranu, nebo ne?"

Káťa trpce zavrtěla hlavou.

„Ne. Místo abych se při klesání aspoň na chvilku kochala nádherným pocitem svobody při volném pádu, znovu letím šílenou rychlostí a kopíruju zemi ve velké výšce, takže stejně musím dřív nebo později dopadnout na zem a já vím, že v té šílené rychlosti bude můj pád něco jako výbuch. Jako letadlo, které se zaboří do země a vybuchne…"

Káťa nebyla pacientkou, která ji vyhledala sama. Bylo jí třicet a ke Xenii ji před třemi měsíci přivedl právě ten Monastyrskij, se kterým byla na výmarském semináři, a požádal ji, aby se podívala na manželku jeho dobrého přítele.

Problém, se kterým se Káťa obrátila na psychoanalytika, byl zcela banální – k smrti se bála hadů. Nebylo by na tom nic tak hrozného, kdyby obyčejná fobie z dětství nepřerostla ve stav, kdy Káťa dostávala strach z jakéhokoli předmětu, který jakkoli připomínal plazy. Odpor a zvracení u ní vyvolávaly třeba makarony, což se postupně přeneslo na další druhy potravin, které byly nějak protáhlé, třeba klobásami počínaje a salátovými okurkami konče.

Xenie měla svých stálých pacientů víc než dost, takže nejdřív rozhodně odmítla přibrat si dalšího, když si však s tou ženou poprvé promluvila, k velkému překvapení Ilji Monastyrského se rozhodla převzít ji do své péče, a souhlasila, aby k ní chodila na psychoanalytické sezení.

Jakkoli po třech měsících bylo ještě předčasné mluvit o nějakých výsledcích, Xenie byla ze spolupráce s Káťou spokojená. Tato mladá žena, kterou nervový stav přivedl až k zoufalství, byla na rozdíl od mnohých jejích pacientů velice tvárná a při navazování kontaktu vstřícná, takže Xenie prakticky nemusela vyvíjet žádné úsilí, stačilo jí jen naslouchat a občas usměrňovat Kátino vyprávění. Všechno ostatní Káťa dělala sama a ke svému překvapení získávala z faktů hluboko uložených v podvědomí takové věci, o jejichž existenci nemohla mít tušení ani Xenie.

„Mám takový dojem," říkala Káťa, která ožívala vždycky podle toho, jak pociťovala, že ji někdo druhý chápe, „že strach z takových letů má nějakou souvislost s mou stálou nedůvěrou v sebe… A že to souvisí s něčím, co je ve mně, s něčím, co jsem si sama zakázala…" Oči se jí zakulatily a šeptem dodala: „Možná to nějak souvisí s matkou…"

Drahoušku, my všichni jsme spojeni s matkou, pomyslela si Xenie a nedokázala skrýt úsměv. My všichni máme rádi své rodiče a současně je nenávidíme, sníme o tom, že nikdy nezemřou, a přitom jim přejeme smrt a sami sebe trestáme za takové nepřístojné přání…

Dveře malé ordinace, kterou si Xenie pronajala v prvním patře pětipatrové soukromé polikliniky na Arbatu, se otevřely a v nich se objevila doruda vymrzlá Věrčina tvář.

Káťa sebou trhla, zmlkla a ohlédla se. Věrce se zakulatily oči a okamžitě zavřela, když se však pacientka znovu obrátila na Xenii, dveře se otevřely zas, tentokrát v naprosté tichosti, a Věrka s vyvalenýma a drzýma modrýma očima začala Xenii něco naznačovat. Živě při tom gestikulovala, takže její přítomnost se dala vytušit i ze závanu vzduchu v ordinaci.

„Já vás poslouchám," řekla klidným hlasem Kátě, ačkoli jí dalo hodně práce takhle mluvit, navíc aby to její pacientka neviděla, ukázala Věrce levou ruku zaťatou v pěst.

„O čem jsem to mluvila?" roztržitě se zeptala pacientka. „Jo, o mamince..." Pak se na dlouhou dobu odmlčela.

Věrka zvedla nejistě obočí, než nakonec přece jen zavřela dveře, Xenie však při pohledu na Káťu pochopila, že s dnešním sezením je konec.

„Tak já nevím," ozvala se Káťa a bezmocně pohlédla na Xenii. „Nejspíš by to pro dnešek mohlo stačit..."

Bylo naprosto zřejmé, že ji Věrčin příchod vyvedl z míry. Začala najednou pospíchat, rozpovídala se o přípravách na Nový rok a matčiných narozeninách, hodila na sebe kožíšek a z pracovny skoro utekla. Ze zkušeností Xenie věděla, že bude muset s řadou aspektů začínat od úplné nuly, má-li se Káťa znovu dostat na úroveň dnešního otevřeného vyprávění, a tak Věrku, která se objevila mezi dveřmi, uvítala ledovým pohledem.

„Kseňko," spustila provinile, „co děláš na Nový rok? Říkali jsme si s Mišanem, že bychom vás s Marinkou pozvali k němu na chatu... Znáš to, pořádný mráz, stromeček... a tak..."

Postupně umlkala a couvala ke dveřím, jak ji provázel výhružný kamarádčin pohled.

„Sergej mi říkal," začala hrozivým hlasem Xenie, „že jsi někam zmizela..."

„Ale to je nesmysl," rychle jí skočila do řeči Věrka. „Tak hele... nejlepší by bylo, kdyby ses tu už nikdy neukázala! Kolikrát jsem ti říkala, abys zapomněla adresu téhle polikliniky?!" Xeniin hlas přešel téměř v křik. „Nebo se snad mám kvůli tobě přestěhovat?! Nebo si mám dát zámek na heslo?!"

„A co se stalo?" s nevinným výrazem ve tváři vyvalila Věrka oči. „To jako že jsem ji nějak polekala nebo co? Ona se teď kvůli tomu bude stydět mluvit o sexu?"

„Jsi káča pitomá," řekla Xenie, která se najednou zklidnila.

„Máš pravdu," přitakala Věrka horlivě. „Na káče si nikdy nic nevemeš. A s tím zmizením je to nesmysl, nikam jsem nezmizela. To zas Marinka dělala zmatky? Jsem na chalupě u Mišana."

„Co je zač ten Mišan?" zajímala se už smířlivým tónem Xenie, unaveně přitom usedla do křesla. Hádat se s Věrkou nemělo smysl, stejně si udělá, co bude chtít.

„Mišan?" přeptala se Věrka s pýchou v hlase a v kožichu až na paty se svalila na pohovku pro pacienty. „Mišan je můj zajíček. Je to malíř. Krásný jako bůh lásky!"

„Malíř?" ušklíbla se Xenie. „Hm, před ním to byl kameraman, ten aspoň něco vydělával, ale malíř?"

Věrka vztekle blýskla po přítelkyni pohledem.

„Na co tím narážíš?" zeptala se podezíravě.

Xenie si povzdechla.

„Narážím na to, že co nevidět zůstaneš bez peněz a nebudete mít co do pusy. Není to snad pravda?"

Věrka se odmlčela.

„Nebo mi chceš nakukat, že je to vynikající umělec a že vydělává hromady peněz?"

„No, hromady zrovna ne…" Věrka si začala vymýšlet, ale Xenie ji přerušila:

„Dobře ti tak. Já přece ty tvoje žhavé lásky znám. Jenom se divím, že má vůbec nějakou chalupu…"

„Jsi jedovatá, Ksjucho… Ta chalupa není jeho, ale patří jeho bývalé ženě. A ta je v Americe…" Věrka byla chvíli zticha a pak už kysele dodala: „Chalupa se té bouračce taky říkat zrovna nedá. Je to spíš bouda s krbem a studnou venku." Pak najednou zase ožila. „Zato ten vzduch, Ksjuňo! Tak přijedete k nám na Nový rok? Je to tam úplná báseň!"

„S tím mi dej pokoj." Xenie uložila do kabelky tlustý blok, brýle a pero. „Mně je ta vaše exotika na houby. Už na to nemám léta. Takové romantiky jsem se přejedla někdy před dvaceti lety…" Oblékla si kožíšek, pohlédla na zničenou Věru pořád ještě sedící na pohovce a zeptala se jí: „Nezajdeš se mnou na oběd?"

„Rozhodla jsem se, že letos budu slavit doma," říkala Xenie, když v restauraci vychutnávala kyjevskou kotletu, ze které vystříkla šťáva, když ji rozřízla nožem, „a tobě doporučuju totéž. Přijď ke mně, Marinku pozvu taky, pak ještě někoho dalšího. Připijeme si, podíváme se na televizi. A pak se svalíme do postele a budem spát. Spát jako lidi a ne jako študenti na studené prkenné podlaze."

Seděly v malé prosklené kavárničce na Malé Bronné, kolem níž procházeli promrzlí chodci. Xenie tu bývala poměrně častým hostem, byla totiž právem přesvědčená, že tady dělají nejlepší pelmeně a kyjevské kotlety v celé Moskvě.

„A co Mišan?" uraženě se zeptala Věrka, když si strkala do pusy lžíci s masovou taštičkou. Spálila se a syčela jako plyn ucházející ze sporáku. Dlouho se s ní potýkala, než ji mohla spolknout. „Copak ho můžu opustit na Nový rok?"

„Pije?" zeptala se Xenie.

„Asi jako my všichni," pokrčila rameny Věra.

„Moc se mi tomu nechce věřit."

„Urážíš ho."

„Tak dobrá," Xenie se zvrátila na opěradlo židle. „Vem i toho svého Mišana. Jestli ale…"

Vtom se zničehonic odmlčela a Věrka se až lekla, když viděla, jak se jí rozšířily panenky.

„Připomínáš mi kočku," zašeptala a ohlédla se, aby viděla, kam se Xenie tak soustředěně dívala. „Kočku, která uviděla psa… Co se děje, Ksjušo?"

„Cože?" Xenie jen s námahou odtrhla oči od okna a pohlédla na přítelkyni.

„Ptám se, cos tam viděla."

„Nic. Jenom se mi něco zdálo," řekla Xenie, ale sama tomu nevěřila. Snad aby uklidnila sama sebe, opakovala: „To se mi určitě jen zdálo."

Kapitola 8

„Tamhle to máš," kývla hlavou Samochinová do rohu místnosti, když Gurko nahlédl do archivu. „Všecko za posledních dvacet let."

Na první pohled na ní bylo znát, že není ve své kůži. V takových chvílích, a o tom Gurko nevěděl jen z doslechu, bylo nebezpečné zjišťovat, proč má špatnou náladu.

Mlčky přikývl, došel k hromadě složek, které pro něj Samochinová vybrala, a v duchu jen hvízdl. Z velikého množství zločinů, které si byly nějak podobné, potřeboval vybrat ty, které měly ještě další společné příznaky.

Zhluboka si povzdechl a začal prohlížet případy zločinů za posledních deset let, které byly podle všeho uloženy v počítači.

Podle silného náporu vzduchu poznal, že k němu Samochinová přistoupila.

„Ty jsou nevyřešené," ukázala mu rukou, „a tyhle vyřešené."

„Děkuju, Táničko," pohlédl na ni. „Do smrti ti to nezapomenu."

Samochinová na něj zničehonic vyzývavě pohlédla.

„Tak jsi to chtěl, ne?" ozvala se. „Já to přece vybírala podle stejných znaků. Dvacetkrát nebo pětadvacetkrát bodl nožem nebo šroubovákem – no, prohlédni si to... Můžu ti jenom říct, že nic jiného za posledních dvacet let v archivu nenajdeš... Ale už tě nechám, vidím, že se do toho chceš pustit..." Chvíli mlčela, prohlížela si ho a najednou se zeptala: „Tak jak to jde v tom důchodu? Nuda, co?"

„Ale ani ne," pokrčil rameny. „Přijde na to, co člověk dělá."

„Je pravda, co se o tobě říká, že doma pěstuješ krokodýly?"

„Houby," zasmál se, „žádné krokodýly, ale hrochy... Poslyš, kam bych se mohl s tímhle pokladem zašít?"

„Zůstaň tady," rozmáchla se zeširoka, „v mé pracovně. Vždycky když odejdu, sedni si k mému stolu a makej."

Na *makání* toho měl víc než dost. Soustředěně se pohroužil do papírů. Protokoly s výslechy, prohlídky místa činu, lékařské zprávy, posudky soudních znalců, fotografie zmrzačených obětí, fotografie pachatelů, dopadených a potrestaných podle zákona, seznamy svědků žaloby i obhajoby... Gurko si odjakživa dokázal poradit s takovými materiály a teď, díky svému „papírovému" nadání, mohl během několika vteřin prolétnout očima i ten nejnudnější text a okamžitě v něm objevit, co v něm bylo důležité.

Samochinová se ve své pracovně občas objevila, usedala k počítači a hlasitě cvakala klávesnicí, vyhledávala něco v papírech a znovu odcházela. Úkosem vždycky pohlédla k prostornému psacímu stolu, kde beze slova vysedával Gurko. Něco si broukal pod nos, rychle listoval ve složkách, odkládal je na dvě přesně srovnané hromádky, něco si z nich vypisoval do tlustého sešitu s čtverečkovanými stránkami, který si přinesl s sebou, rozmrzele hekal a zvracel se do opěradla otáčivé židle, aby se znovu sklonil nad stůl, aniž věnoval vůbec nějakou pozornost hrnku s vystydlým čajem, který mu Samochinová přinesla.

Po několika hodinách vstal, požádal, jestli si smí zavolat, a vytočil číslo domů. Tiše chvíli rozmlouval se ženou, vrátil se ke stolu, na několikrát sebral a odnesl na původní místo nepotřebné složky, na stole si nechal jen malou hromádku. Znovu pak usedl, zamyšleně okusoval konec propisovačky a začal se na židli pomalu otáčet doprava, doleva, doprava, doleva. Židle slabě skřípala a tenhle tichý zvuk nejenže mu nebránil v soustředění, spíš mu připadalo, jako by mu pomáhal.

Na stole před ním ležely už jenom čtyři složky. Gurko pečlivě všechny vyhodnotil a vybral jen ty, v nichž byl způsob zavraždění naprosto totožný.

Ve třech případech byli zločinci dopadeni a obžalováni. Jeden případ zůstal neobjasněn. Ve dvou případech z těch tří uzavřených se pachatelé nepřiznali. V jednom případě šlo evidentně o psychopata, který se přiznal ještě k několika dalším podobným vraždám, přitom však ani v jednom (s výjimkou toho, za který byl uvězněn) žádná mrtvá těla nebyla nalezena.

Gurka nijak zvlášť nepřekvapovalo, že byli pachatelé dopadeni. Každého vyšetřovatele by mohl splést už jen pouhý fakt, že zločiny, jejichž rukopis byl naprosto totožný, byly spáchány během tak dlouhého časového úseku. První vražda se stala v roce 1979. Druhá o pět let později. Následovala dlouhá přestávka trvající devět let, jedna vražda za druhou pak s přestávkou jednoho a půl roku. Na masového vraha to byl příliš dlouhý časový úsek. Krom toho Gurko znal postoj nejvyšších orgánů k nevyřešeným případům, ani se nedivil, že vyšetřovatelé si nedávali moc práce při pátrání a sebrali prvního podezřelého. Ti nahoře dali příkaz k uzavření případu, případ tedy musel být uzavřen za každou cenu.

Přitom kromě rukopisu a snad ještě pohlaví obětí neměly tyto vraždy nic společného. Ať se o to Gurko snažil sebevíc, nepodařilo se mu najít jediný další totožný nebo podobný znak. Věk obětí se pohyboval mezi osmnácti až pětatřiceti lety, místa, kde došlo ke zločinům, povolání, ani jména těch žen se neshodovala.

Gurko si povzdechl a znovu otevřel první složku. První obětí byla studentka čtvrtého ročníku psychologické fakulty na univerzitě. Byla zavražděna doma, jako tomu bylo ve všech následujících případech (včetně toho Iriščina), i tady byla oběť zasažena četnými bodnými ranami především ve tváři a posléze uškrcena drátem. Soud obvinil z vraždy studentčina souseda, který podle výpovědi svědků dívku pronásledoval, protože ji chtěl donutit, aby s ním žila ve společné domácnosti.

Gurko složku odstrčil a přitáhl k sobě druhou. Obětí byla třicetiletá žena, psychiatr kliniky pro léčení závislosti na drogách. Tělo bylo nalezeno na půdě jejího vlastního domu. Rukopis stejný.

Studentka psychologické fakulty a lékařka z oboru psychiatrie. Gurko zamyšleně okusoval už pořádně zmrzačenou propisovačku. Jedině v tomto případě bylo možno počítat s určitou paralelou: obě ženy měly něco společného s psychologií. Stejně tak i Iriška, která na jeho přímluvu pracovala jako písařka v Serbského institutu. Tři oběti z pěti měly tedy něco společného...

Gurko otevřel další složku. Tady byla obětí osmadvacetiletá žena z domácnosti, povoláním švadlena. Uplynulé dva roky nikde nepracovala, úředním jazykem řečeno ji živil manžel, kapitán dálkové plavby. S psychologií nebo psychiatrií nikdy nic společného neměla. Vrah ji zabil v parku, kam chodívala se svým pejskem. Spousta bodných ran nožem zvláště ve tváři, následně rovněž uškrcena.

Pátá nebo spíše čtvrtá oběť: pětatřicetiletá učitelka v prestižní škole. Znovu nic společného s psychiatrií. A znovu stejný způsob provedení. V tomto případě vrah nebyl vypátrán...

„Na tenhle případ si vzpomínám," zahřměl přímo u Gurkova ucha hlas Samochinové. Skláněla se nad ním a dívala se mu přes rameno. „Byl kolem něj pěkný rachot, a stejně ho nemohli zavřít. Manžel té oběti byl mó-ó-óc vážený člověk. Vyšetřovatelé tenkrát vzali do vazby jednoho podezřelého, muž oběti ale u soudu dokázal, že ten zločin je dílem mnohonásobného vraha. Tahle kauza měla všechny příznaky, že šlo o maniaka."

„Ten člověk pracoval u bezpečnosti?" zeptal se Gurko.

„Ne tak docela, byl veden jako poradce. Nějaký Zalmanov. Určitě jsi to jméno slyšel."

Gurko pomalu zvedl hlavu.

„Zalmanov?" tiše se ještě zeptal.

„Zalmanov." Samochinová pokrčila rameny. „Tys o něm vážně neslyšel?"

„Ale slyšel," odpověděl Gurko, otevřel svůj zápisník

a něco si tam poznamenal. „Aby ne! Děkuju ti, Táničko," řekl už kdoví pokolikáté.

„Nemáš zač," řekla mu. „Ještě tu zůstaneš?"

„Ještě ano."

Když odešla, Gurko se naštvaně podrbal v zátylku. Zalmanov byl psychiatr známý po celé Moskvě, stejný vztah k tomu lékařskému oboru měly čtyři z pěti obětí, to už nemohla být pouhá shoda okolností.

Zbývala už jen ta žena v domácnosti, a tak Gurko znovu začal listovat ve složce. Byl si téměř jistý, že se mu podaří najít tu nitku, která by tuhle ženu spojila s ostatními oběťmi.

Kapitola 9

„Je to génius," blábolila Věrka, když šla s Xenií od metra směrem, kde bydlela. „To bys koukala, co všechno umí!"

„A co on vlastně je, malíř?" zeptala se roztržitě Xenie.

„Ne. Dělá dřevěné džbány."

„Džbány? Říkalas přece, že je umělec."

„No jistě. On je pak pomaluje a vykládá je všelijakými věcmi… Kdybys viděla tu nádheru! Proč se prosím tě pořád ohlížíš?!"

„A co s těmi džbány dělá?"

„Prodává je."

„A kdo je kupuje?"

„Cizinci. Za deset až padesát dolarů za kus. Mají takové věcičky rádi."

„Věrko, ty v jednom kuse lžeš! Jací cizinci?" Xenie se prudce zastavila a v tom okamžiku uviděla člověka, jehož tvář zahlédla v davu u kavárny.

„Tak jo, lžu," mírumilovně souhlasila Věrka. „Ale ne ve všem. Zbývá nám už jenom sehnat ty cizince."

Muž, kterého Xenie viděla včera večer v metru a ráno na dvoře domu, kde bydlí, teď dělal, že si prohlíží výkladní skříň obchodu s nábytkem, stál schoulený do sebe pár metrů od ní.

„Zatraceně..." zabručela Xenie a na chvilku zatoužila, aby se jí to všechno jenom zdálo.

„Co se stalo? Ty ses urazila?" lekla se Věrka. „Ksjuňo, to jsou všecko nesmysly... Já to moc dobře vím..."

„Počkej!" Xenie, otočená tváří k Věře, si nenápadně prohlížela svého pronásledovatele.

„Kam se to díváš?" Věrka pohlédla stejným směrem jako Xenie. „Ty ho znáš, jo?"

Muž se pomalu otočil a zpříma pohlédl na Xenii. Velké sněhové vločky mu padaly na obličej a Xenie tak nedokázala rozpoznat výraz jeho tváře. Znehybněl, jako by nevěděl, co má udělat. Spousta kolemjdoucích do něj strkala, pospíchali za svými záležitostmi.

„Počkej tady," řekla najednou Xenie Věře a rázně vykročila ke svému pronásledovateli.

Jakmile ten muž uviděl, že jde rovnou k němu, udělal bezděčný pohyb, jako by chtěl utéct, pak se křivě usmál a otočil se k ní.

„Co ode mě chcete?" křikla na něj Xenie, když se pár metrů před ním zastavila.

Nějaká korpulentní ženská uklouzla, zastavila se a zvědavě je pozorovala.

„Proč mě pořád sledujete?" řekla hlasitě Xenie, což zaujalo několik kolemjdoucích, kteří se také se zájmem zastavili.

Přihlouple se usmál a udělal několik kroků ke Xenii.

„Já jsem chtěl..." promluvil, ale Xenie ho přerušila.

„Jestli mě nepřestanete obtěžovat, zavolám policii!"

Jako blesk se vedle ní ocitla Věrka.

„On tě pronásleduje, Ksjuňo, že jo?!" zeptala se

a vykřikla: „Padej odtud, ty zvrhlíku odpornej... Dělej, dělej, než bude pozdě!"

Dav lidí přemohla zvědavost, tlustá paní ochotně vysvětlovala situaci dědovi, který se sem dobelhal s holí:

„Tenhle prevít ji pronásleduje, víte? Ti chlapi se snad všichni zbláznili! Uprostřed bílého dne..!"

„A co že to proved?" zeptal se děda, když si přiložil ruku k uchu.

„Pro-ná-sle-du-je ji!" odslabikovala baculka. „Nejspíš nějakej maniak."

Všichni na toho mužského zírali s očima navrch hlavy.

„Xenie Pavlovno, potřeboval bych si s vámi promluvit."

Věrka zůstala málem s otevřenou pusou.

„Já vás vůbec neznám," odsekla Xenie a pozorně se mu dívala do tváře.

„Zato já znám vás," namítl.

„Xeňo, co je to zač?" pokoušela se zorientovat Věrka.

Dav ztratil zájem a lidi se začali rozcházet. Zůstal tu jenom nahluchlý děda, který stejně netušil, o co jde, zvědavě si prohlížel hned Xenii, hned cizího muže.

„Co jste zač?" zeptala se Xenie.

„Chtěl bych se stát vaším pacientem."

„No ne!" podivila se Věrka. „Xenie, ty začínáš mít renomé..."

„Odkud znáte moje jméno?" Prohlížela si jeho tvář a pokoušela se rozpomenout, kde už mohla vidět jeho mrňavý nos a neuvěřitelně světlé oči.

„Slyšel jsem o vás, že jste vynikající psychoanalytik," vyhnul se odpovědi. „Takového člověka zrovna sháním."

„Tak takhle je to," Xenii viditelně došla trpělivost. „Já ale nesbírám pacienty na ulici, vážený pane. Kromě toho nikoho nového neberu…"

Muž chtěl něco říct, ale Xenie pokračovala:

„…A upozorňuju vás, jestli za mnou budete ještě slídit, oznámím to na policii. Rozuměl jste mi?"

„Rozuměl." Měl ve tváři najednou provinilý výraz. „Já vás nechtěl nijak vylekat… Já prostě…"

„To stačí." Xenie se bleskově otočila a přes rameno řekla Věrce: „Jdeme." A vyrazily odtud.

Kapitola 10

„Máte tu těch zvířat nějak moc," nespokojeně říkala paní a s obavami sledovala očima krajtu. „Jak spolu mohou všechna ta zvířata vycházet v tak malé místnosti?"

Nedůvěřivě si prohlížela klece a voliéry, kterých bylo v pokoji plno, a starostlivě tiskla na prsa svého miláčka – modrého indonéského králíka, který připomínal spíš chomáč chlupů. Strčil své paničce hlavu do podpaždí a strachy se ani nepohnul.

„Tady budeš bydlet," řekl Gurko a postavil klec na místo. „Tak ukažte... Jak mu říkáte?"

„Chlupáček," odpověděla žena a značně nerada předávala chlupatou kouli dočasnému pánovi. „A nesežere ho ten váš had?"

„Skla v teráriích jsou pancéřovaná," zalhal si už zcela profesionálně Gurko. „Krom toho je Leopold nesmírně líný. Pro něj je příjemnější povalovat se a čekat, až mu přinesu večeři. Navíc je teď zima, takže je celý malátný a většinu času prospí. Nemějte obavy."

„O tom já něco vím, to znám!" zaradovala se paní. „To je známá věc, že hadi v zimě spí. Měla jsem dva hádky ve sklenici na chladničce. Pořád jsem se o ně bála, protože se nehýbali, řekli mi ale, že upadli do zimního spánku... A tak tam pořád byli... Časem však začali strašně páchnout. Přišel ke mně známý veterinář a řekl, že z neznámých důvodů chcípli. Musela jsem je spláchnout..."

Gurko sebou škubl, ale neřekl nic.

„Chlupáček má strašně rád jablíčka," vrkala dál paní a neklidně sledovala, jak Gurko bere králíka za dlouhé chlupaté uši, „a nezapomínejte mu dávat vodu... To se může brát tak malý králík takhle za uši?"

„Může," ujistil ji. „Jim je to dokonce příjemné."

„Skutečně?" užasle se přeptala paní. „To já ho beru vždycky takhle pod tlapičkami..."

Králík, ubytovaný v kleci, se podle svého zvyku oklepal a strčil čumáček do misky se zeleninou. Vylovil odtud kousek zelí a starostlivě je začal chroupat. Paní se uklidnila.

„Líbí se mu tam," zažvatlala a růžkem kapesníku si utřela oči. „Ty můj Chlupáčku..."

Konečně si to namířila ke dveřím. Doprovázel ji zamračený výraz opičky, která musela kvůli té zákaznici dostat obojek.

„Že bude všechno v pořádku, viďte...?" znovu se přeptala, když už stála ve dveřích.

„Spolehněte se," odpověděl jí už skoro neuctivě Gurko a zavřel za ní dveře.

Vrátil se do místnosti a odvázal Dosju. Ta něco nespokojeně blábolila, kolébavým krokem došla ke kleci s novým obyvatelem a obrátila se na svého pána.

„Chceš si na něj sáhnout?" usmál se Gurko, otevřel klec a vytáhl králíka na svobodu.

Dosja radostně zapištěla a projela svým tenounkým prstíkem huňatou králičí srstí. Pak se osmělila a začala tam něco hledat, vlídně přitom brumlala a chvílemi vypískla radostí. Králíka přemohl strach a otočil se v Gurkových rukách na záda.

„Petrušo," zaslechl slabé manželčino volání.

„Už jdu!" zavolal, vrátil nového nájemníka do klece a Dosje přísně řekl. „Žádné lumpárny!"

Když vešel do ženiny ložnice, Jelizaveta Ivanovna seděla na posteli a s námahou si natahovala tlusté vlněné ponožky. Už měla na sobě sukni a pletenou halenku.

„Proč vstáváš?" zlobil se. „Doktor ti přece říkal..."

„Za šest hodin je Nový rok," namítla, „musím aspoň něco přichystat."

„Ale vždyť všechno udělám já," přemlouval ji, i když až moc dobře věděl, že veškeré přemlouvání je marné. „Stromek jsem už ozdobil, byt jsem uklidil. Šampaňské jsem koupil... Tak mi řekni, co mám ještě udělat, a já to udělám." Přistoupil až k ní a postavil se jí do cesty.

„Já ležet nemůžu, Petrušo..." Zvedla k němu oči plné slz. „Já na ni pořád musím myslet... Radši budu něco dělat, ať se mi uleví."

Okamžitě sklopil hlavu a ustoupil jí z cesty. Jelizaveta Ivanovna vyšla z ložnice a zamířila do kuchyně. Prošla obývákem, zapnula televizi a byt se rázem naplnil svátečními tóny. Gurko šel pomalu za ní.

„Postarej se o zvířata," řekla mu přes rameno. „Přichystám ti překvapení."

Gurko se poslušně vrátil do místnosti se zvířaty a usadil se ve starém prosezeném křesílku. Dosja, která měla spoustu práce s tím, jak se pokoušela přes kovovou síťku dostat k černonohé promyce, okamžitě všeho nechala a vylezla mu na kolena. Žárlivá Curry ze své klece protestovala:

„Ker-r-ry šikovná!"

„Šikovná, šikovná," přitakával jí Gurko a smutně pokyvoval hlavou. „Zato já jsem starej trouba..." Roztržitě hladil Dosju po malé hlavičce a opakoval: „Starej trouba, kterej už k ničemu není..."

Ať se snažil sebevíc vyčíst něco ze záznamů o smrti té ženy z domácnosti, bylo to marné, nenapadlo ho nic. Pečlivě zkontroloval všechna místa, kde předtím pracovala, dokonce zajel na ministerstvo pro námořní plavbu, kde byl zaměstnán její muž, a pokoušel se tu najít nějakou souvislost s psychologií nebo psychiatrií. Všechno bylo marné. Oběť pracovala někde v oboru vojenského obchodu, nikdy nepřišla do kontaktu s psychology, vůbec neměla nic společného s medicínou, dokonce ani nikdo z jejích příbuzných nebyl žádný psychiatr nebo psychiatrický pacient.

Jediné, co spojovalo tento případ s ostatními, byl způsob, jak byla oběť usmrcena, a to nestačilo. Přesto Gurkovi intuice napovídala, že všechny vraždy byly dílem jediného člověka. V tomhle případě mu však byla veškerá intuice nanic, když ji nepotvrzovala žádná fakta.

Několik hodin seděl bez pohnutí a zachmuřeně uvažoval. Pak jako by se vzpamatoval, vypnul stojací lampu a smutně pohlédl do ztemnělého okna. Obloha nad Moskvou zežloutla od lamp elektrického osvětlení, zvenku bylo slyšet projíždějící auta a předsváteční ruch, který patří k velkoměstu. Pronikavě zapískaly brzdy, zařinčel kov, někdo za sebou zabouchl dvířka u auta a Gurko pak slyšel šťavnaté nadávky. Vstal z křesílka a v náručí přidržoval Dosju, která mu podřimovala na kolenou. Opička se však probudila, úplně jako malé dítě chytila Gurka kolem krku a znovu zavřela oči.

Na zasněžené ulici stál starý moskvič s čumákem přitrouble naraženým do betonového sloupu. Kolem něj pobíhal prostovlasý muž v bundě a nevybíravě nadával. Kousek od něj stála na chodníku žena v dlouhém kabátě, oplácela muži, jak nejlépe uměla, a zároveň rukou chlácholila rezavou kolii, která se jí vystrašeně tiskla k nohám.

Větrací okénko v pokoji bylo pootevřené a Gurko slyšel skoro každé slovo, kterými se ti dva na pouliční scéně častovali.

„Zasloužila bys nakopat prdel, káčo pitomá!" křičel chlápek plný zoufalství a prohlížel zmrzačené auto. „Já bych tě... tebe i tu tvoji zparchantělou čubku!"

„Ty bys zasloužil nakopat do prdele!" sekundovala mu žena a přidala k tomu ještě pár pěkně ostrých slov navrch. Gurko nesnášel sprosté výrazy a zamračil se. „Myslíš si, že tý tvý kraksně patří celá silnice!"

„Tak kraksna říkáš, jo?!" doslova explodoval chlápek, nechal auto autem a hrozivě si to namířil k ženě. „Kdybych to, čemu říkáš kraksna, nestrhl ze silnice, nezbyl by z toho tvýho vořecha ani chlup! Měla bys mi děkovat, že jsem to napálil do sloupu, babo praštěná!"

„Já ti dám vořecha!" Žena měla viditelně upito a nehodlala jen tak vyklidit pole. Naopak vyrazila proti řidiči a mávala pěstmi.

Kolie začala šíleně výt.

Majitel moskviče se zastavil a zvolal:

„Se psem máš chodit do parku! Zavolám policajty a napaří ti pokutu, káčo jedna!"

„A kdepaks tu v okolí viděl nějakej park?!" najednou se docela oprávněně naštvala žena. „A ke všemu takovej, aby se tam smělo se psem?! Vždyť člověk nemá ani s dětmi kam jít!"

Gurko se zamračil a zavřel větrací okénko. Bylo mu toho chlápka líto. Určitě to své staré auto leštil a laskal, jako by to byla lidská bytost. Soudě podle oblečení penězi neoplýval, teď bude chudák šetřit a běhat po všech možných policejních odděleních... Na druhé straně, pes přece není člověk. Tomu nikdo nevysvětlí, že si nemůže jen tak běhat po silnici, protože to je nebezpečné. A co se týče parků tady v okolí, kde Gurko bydlel, to bylo skutečně na draka...

Park, projelo mu hlavou, ale hned to zas zmizelo někde v podvědomí, zůstal po tom jen takový sžíravý, nepříjemný pocit. Petr Semjonovič se postavil u okna, aby si znovu všechno pořádně promyslel, pak potřásl hlavou, Dosju posadil do křesla a odešel z místnosti.

Manželka pobíhala kolem prostřeného svátečního stolu. Mezi jídly, která nesmějí scházet v takovém čase, se blyštěla nádherně opečená kůrčička kuřete, oči se pásly na pestrém salátě z bílého zelí s červenými puntíky klikvy a dokonce i na první pohled tvrdých nakládaných okurčičkách. Byl tu i Gurkův oblíbený salát z avokáda s cibulkou, paprikou a slunečnicovým olejem.

„No ne!" zvolal s přehnanou radostí a mnul si přitom ruce. „Ty mě rozmazluješ."

„Venku byla nějaká bouračka," poznamenala žena a usedla ke stolu.

„Já jsem to viděl."

„To jsem si mohla myslet..." Líza se nadlouho odmlčela a pečlivě nakládala na mužův talíř saláty. „Co kdybychom si opatřili psa? Nějakého malinkého, jenom tak pro potěšení, co říkáš?"

„To tak!" Gurko se s chutí pustil do salátů. „A kde ho budem venčit? Na silnici?"

„Proč zrovna na silnici?" Bylo jasné, že si za těch pár minut, kdy sledovala, co se dole stalo, všechno dobře promyslela. „Kousek odtud je nemocnice s nádherným parkem. Tam všude se dá chodit. Kolikrát jsem si už všimla, že tam vodí všelijaké paničky své pejsky…"

Gurko přestal jíst a upřel oči na ženu.

„Tak co?" zeptala se udiveně. „Ty bys nechtěl psa?"

„Cos to povídala?" přeptal se a s obrovskou námahou polkl. „V nemocničním parku?"

„Považuješ to snad za nevhodné?" zeptala se zamračeně.

„Jsem já to ale vrták!" najednou vyskočil, až leknutím upustila vidličku. „Jsem prostě starý osel!"

„Péťo…" pohlédla Líza polekaně na muže.

„Vždyť ona chodila do parku na procházku se svým psem!" zvolal s vytřeštěnýma očima. „Do parku neurologické kliniky!"

Kapitola 11

Dohodli se, že novoroční pelmeně budou připravovat všichni společně. První přišla Marina s dcerou Sašou a tříletým Nikitkou. Aňa si chtěla kamarádku nenápadně odvést, aby si mohly šuškat o svých holčičích tajemstvích, ale byly okamžitě lapeny a usazeny ke stolu, kde se v mouce bělala vykrájená kolečka z vyváleného těsta a uprostřed stála veliká mísa s nádivkou. Nikitka, kterého se pokusili uložit ke spaní, se vzbouřil a zamítl všechno, co by ho nějak omezovalo, usedl s ostatními ke stolu a chtěl se také zapojit do díla. Chvíli soustředěně sledoval, jak se plní a sbalují pelmeně, pak s pootevřenou pusou vzal těstové kolečko a s vyplazeným jazykem se pustil do práce, ovšem zapomněl dovnitř do těsta vložit nádivku.

„A kde je Sergej?" zeptala se Marina a obratně zavinula masovou nádivku do těstového kolečka.

„V práci," odpověděla Xenie a rozkládala sbalené pelmeně na dřevěný vál. „Slíbil, že přijde dřív."

„Ti chlapi si to ale umějí zařídit," povzdechla si Marina. „Nejspíš si tam všichni pěkně užívají a my se tady pachtíme... Ale co to blábolím! Tvůj Serjoža je přece anděl v lidské podobě."

„A co ten tvůj?"
„Můj? Koho tím myslíš?"
„Tvého bývalého."
„Jo toho!" Marina evidentně neměla náladu. „To je taky anděl." Chvíli mlčela a pak nečekaně vyhrkla: „Stejně jsou všichni prevíti."
„Co je s tebou?" podivila se Xenie. Na takové soudy nebyla u Mariny zvyklá. „Připomínáš mi Věrku po neúspěšném flirtu."
„Sama nevím, co se mnou je." Marina pohlédla úkosem na děvčata, která pečlivě zavinovala pelmeně, ale uši měla nastražené. „Nějak se mi nic nedaří."
„Děláš něco?"
„Píšu. Ruskou lidovou pohádku píšu."
„Lidovou pohádku?" vyprskla Xenie.
„Hm. Má to v sobě prvky fantasy. Víš, byla to taková zvláštní inspirace... Měla jsem kolem sebe kupy knih se slovanskou mytologií, všelijakých slovníků, přísloví, říkadel a zaříkávání. Psalo se mi strašně hezky. Pak jim to ale přinesu a oni ti mi řeknou: Předělej to, je to moc složité, děti tomu nebudou rozumět... Jak to, že tomu nebudou rozumět? Saška to zhltla za jedinou noc. Nevím, které děti měli na mysli... Asi dementy, no ne?"

Xenie pohlédla na Sašu, která přikývla.

„Já to taky četla," oznámila Aňa. „Perfektní pohádka, fakt nemá chybu."

U dveří někdo zazvonil..

„To je Valera!" vypískl Nikitka, sjel ze židle a letěl do předsíně.

Aňa šla za ním.

„Valera?" udiveně pohlédla Xenie na Marinu.

„Klid, neboj se," mávla rukou Marina. „Já nikoho

nezvala. To se teď Nikita naučil říkat, všichni chlapi jsou pro něj Valerové."

„A jak ho to napadlo?" přeptala se Xenie. „Ty máš nového přítele?"

Marina jen pokrčila rameny.

„Nemám nikoho, kdo by se tak jmenoval, já sama jen zírám. Ty děti jsou divné. Nemám potuchy, jak na to hloupé jméno přišel…"

„Děvčata," do kuchyně vpadla Věra. „Tohle je Míša, buďte na něj hodné."

Z úkrytu za jejími zády vystoupil Nikitka, otočil se k Míšovi a kamarádsky ho vybídl:

„Tak pojď dál, Valero!"

Xenie pohlédla na hosta, povzdechla si a zdrženlivě se s ním pozdravila. Veselý, vytáhlý Míša patřil zrovna do kategorie mužských, které Xenie, jak se říká, nemohla ani cítit. Nehledě na to, že nový milenec měl na sobě krátký kožíšek téměř jistě pocházející z jejího šatníku, doslova z něj vyzařovala absolutní lhostejnost k tomu, jak vypadá. Jemná tvář, kterou už stačil pořádně poznamenat „nezdravý způsob života", dlouhé prořídlé vlasy vzadu spletené do copu, kterému nevěnoval hezky dlouho sebemenší péči, výsměšný pohled člověka, který pohrdá „materiálními požitky": všechny tyhle rysy Xenii provokovaly už za studií, kdy většina jejích kamarádek šílela po takových dlouhovlasých figurách, co vyznávali filozofii hippies.

Míša usedl ke stolu, doprostřed rozsypané mouky postavil láhev vodky a zapojil se do přípravy pelmení. Neustále měl přitom pootevřenou pusu. Pořád vyprávěl nějaké historky, kterým se Marina usmívala, poslouchala ho, Věrka se hlasitě smála a děvčata nemohla z hosta spustit oči. Jediná Xenie chvílemi nesouhlasně pohlédla na člověka, jehož samotná existence, jak tušila, zcela narušovala její představy o „spořádaném životě". Na sebe neprozradil nic a Xenie ho vnímala jako absolutně zbytečný, cizí element. Samotná přítomnost takového člověka v jejím bytě ji nepředstavitelně dráždila. Proto když znovu zazněl zvonek a do předsíně vstoupila Puťka, Xenie z ní měla skoro radost.

Puťka, což byla přezdívka Leny Kuricynové, však stále ještě nebyla tou pravou osobou, kterou by přivítala zcela upřímně. Jestliže Věrka a Marina byly její opravdové kamarádky už od školy, jestliže je pojily nejrůznější pokrevní přísahy, jestliže společně chodily za školu, hledaly poklady a společně hořce fňukaly, pak Puťka Lena, s níž Xenie studovala v jedné studijní skupině na fakultě psychologie na univerzitě a s níž si za celá studia řekla sotva pouhých pár slov, se před ní zničehonic znovu vynořila z nebytí před dvěma lety, když se spolu náhodou potkaly v Koktebelu. Tam pod vlivem specifického lázeňského prostředí se Puťka bůhvíproč rozhodla, že se stane Xeniinou nejlepší přítelkyní. A od té doby plnila své předsevzetí jako slon v porcelánu, přičemž se chovala tak přirozeně, že Xenie, pro kterou nebyl problém otočit se zády k jakémukoli člověku, si s hrůzou uvědomovala, jak hluboko propadá tomu pro ni nepotřebnému „přátelství".

Zpočátku Xenie kontaktům s Puťkou dost vzdorovala, ale vždycky, když se odhodlala k tomu, že ten osudový kruh přeruší, Puťka se dostala do nějakého dalšího průšvihu a celá ubrečená ji prosila o pomoc. Nakonec se Xenie smířila s nepřetržitou úlohou ochránce a je pravda, že se jí podařilo vybojovat právo stýkat se s novou přítelkyní jenom podle vlastního uvážení.

Puťka byla upřímně přesvědčená, že má Xenii raději než vlastní děti, a nezištně jí nabízela svou pomoc v čemkoli. Xenii ke cti je třeba říct, že za dva roky, co se spolu stýkaly, nabídky ani jedinkrát nevyužila, a to především proto, aby se vyvázala z jakýchkoli povinností, které by z toho mohly pro ni vyplynout. Přestože se Xenie necítila ničím povinována vůči Puťce, vždy se k ní chovala korektně. Proto se jen trpělivě usmála, když Lena vstoupila do bytu a hned na prahu ji jako domácí paní vlažně políbila studenými rty.

Lenin muž, jehož obrovitá postava okamžitě zaplnila každý prostor, kam se postavil, byl výjimečně klidný a dobromyslný, ke své ženě se choval s laskavou shovívavostí a jeho přítomnost Xenii s Puťkou trochu smiřovala. Upřímně se přivítal s hostitelkou, při seznamování pevně stiskl ruku Michailovi, Věře zašeptal nějakou poklonu, až se začervenala a zachichotala, přisedl si k Marině a zajímal se o její tvůrčí úspěchy.

Děti využily toho, že si jich nikdo nevšímá, a zmizely do pokoje, odkud se pak chvílemi ozývalo vřeštění; mužští vypili na zahřátí vodku a nevázaně se bavili o něčem, co je společně zajímalo; ženy rychle prostíraly, jediná Xenie se pořád dívala na hodinky a bylo vidět, že je nervózní.

„Už je za deset minut dvanáct," hlásila Věra. Xenie naštvaně mávla rukou a řekla:

„Ať jde do háje, pojďte ke stolu!"

Vtom někdo zazvonil.

„To je dost!" zavrčela Xenie a šla otevřít.

Vzápětí strašně vykřikla a dveře okamžitě zabouchla.

„Co blázníš?" podivila se Věra, která stála za ní. „To je přece Děda Mráz." A znovu otevřela.

Xenie uviděla červený plášť, nalepené vousy a nasazený červený nos, nad nímž se rozpustile leskly známé hnědé oči. Zamaskovaná tvář se roztáhla do úsměvu, Děda Mráz na ně mrknul a zatřásl pořádným červeným pytlem.

„Copak jste nesháněli Santa Clause?" hlasitě zahlaholil Serjoža a Xenie, které ještě bušilo z leknutí srdce, popadla pytel s dárky a vtáhla ho dovnitř.

„Tos nemohl něco říct?"

„Čeho ses tak lekla?" zeptal se, přerušil ho však výskot dětí, které se k němu seběhly ze všech stran.

„Děda Mráz!!!" vřískal Nikitka a skákal jako gumový míček.

„Santa Claus!" sekundovala mu Saša a dokonce i vždy zdrženlivé Aňce se šťastně rozzářily oči.

„A teď bude nadílka!" zapojil se do hry Sergej a předvedl dokonalé divadlo, když lovil z pytle nejrůznější dárky, loutkami a panenkami Barbie počínaje až po velikánské čokoládové zajíce v pestrobarevném staniolu.

„Zrovna odbíjí půlnoc!" přiběhla do předsíně Marina. „Pojďte honem, nebo tu prostojíte celý nový rok v předsíni!"

Všichni se vrhli do pokoje, kde bohatě zalévali stůl šampaňským, následník hippíků Míša sváděl nerovný boj s láhví, uchopili poháry, Sergej si vytáhl vousy na čelo a zklamaný Nikitka všem rozčarovaně oznamoval, že to není žádný Děda Mráz, ale zas nějaký Valera a že už má těch Valerů dost.

„To není Valera," opravila ho Aňa a zamilovaně se zadívala na otce. „To je můj táta. Tatínek. Táto, že uděláš ohňostroj?"

Každý na sebe rychle něco hodil a všichni vyběhli ven. Sergej si definitivně sundal vousy, vyhrnul si rukávy u pláště Dědy Mráze a něco kutil uprostřed dvora. Od rukou mu odlétaly hvězdy, na stromě se jako šílenec točila ohňostrojová raketa, děti nepřestávaly pištět, ve vzduchu to jen dunělo odpalovanou pyrotechnikou, křičelo se hurá a všichni se smáli. Věrka žárlivě sledovala Marinu a Michaila, jak si tiše povídají o japonské poezii, nezapomínala koketovat s Leniným manželem, který ji zlehka držel kolem krku a něco jí šeptal do ouška. Nějaký mladík šel kolem, pohlédl Xenii do tváře a obdivně hvízdl. Aňka poskakovala kolem táty a volala „ještě!", Saška okouzleně hleděla na novoroční oblohu zalitou září, Nikitka nepřestával tahat Michaila za ruku a pořád si pro sebe říkal: „Stejně seš Valera, stejně seš Valera..!"

V tomhle nepředstavitelném blázinci stála Puťka vedle Xenie a najednou řekla:

„Ksjušo, nemohla bys vzít jednoho pacienta..." a bleskově zareagovala, když viděla, že Xenie vrtí záporně hlavou. „Počkej, neodmítej to hned, je to strašně důležité. Ten člověk je před zhroucením, já tě přece prosím jen výjimečně v takových záležitostech, prosím..."

„Nejde to," rozhodně pronesla Xenie. „Ani mě nepros. Mám strašnou spoustu pacientů."

„To mi ale nemůžeš udělat," řekla tiše Kurica a zaleskly se jí oči. „Slíbila jsem tomu člověku, že mu pomůžu..."

„Jo tys mu to slíbila?" naštvala se Xenie. „Když jsi mu to slíbila, tak mu pomoz! Co já s tím mám společného?"

„Já to nedokážu," fňukla Puťka. „Už kolik let nepraktikuju… Prosím tě! Aspoň jednou si s ním promluv… Když tě ten případ nezaujme, tak ho odmítneš a bude – platí?"

Xenie mlčela a dívala se, jak Sergej klečí ve sněhu a něco soustředěně dělá. Najednou odskočil stranou a v příštím okamžiku vyletěl k obloze sloupec ohnivých barev, až Xenie couvla.

Chvíli všichni ohromeně zírali nahoru, kde se v rychlém sledu rozsvěcely rudé, modré a žluté květy, pak všichni nadšeně zavýskali, zazněl potlesk.

„Tak Ksjuňo…" dyndala Puťka a Xenie, která neměla chuť pokazit si takovými spory večer, se na ni rozkřikla:

„Neskuhrej tu, prosím tě! Promluvit si s ním můžu, ale nic víc. Jasné?"

Kapitola 12

„Trifon Spiridoňjevič, Trifon Spiridoňjevič," opakovala si polohlasně Xenie, když kličkovala mezi policejními vozy zaparkovanými u oddělení dopravní policie mezi skromnými žigulíky, nafoukanými moskviči a důstojnými mercedesy. „Trifon Spi... Kruci, to je ale jméno!"

Když vstoupila do budovy, narazila na příšernou frontu, podle které šla hezky dlouho, otáčela hlavu doprava doleva, každou chvíli se zastavovala a sledovala čísla na dveřích jednotlivých kanceláří. Jak se dalo čekat, fronta, podél které šla, začínala u kanceláře číslo dvě, tedy právě u těch dveří, které hledala.

„Kampak, slečno?" houkl na Xenii rudolící chlap jako hora v kožené bundě. „Tady je fronta."

„Cože?" otočila se na něj Xenie a zůstala stát jak solný sloup s ústy dokořán.

„Povídám, je tu fronta," zamračeně jí vysvětlil hromotluk a svým mohutným tělem se postavil do dveří. „Koukej odtud padat!"

Xenie na něj chvíli nezúčastněně koukala, pohybovala neslyšně rty, pak zaklela a začala hledat v kabelce.

„Je asi cáklá," vysvětlil hromotluk chlápkovi s obličejem ošlehaným od větru, který stál za ním a byl viditelně pod párou.

Xenie vylovila z kabelky nadvakrát složený papír, rozložila ho, přečetla a rozzářila se.

„Trifon Spiridoňjevič! Toho hledám!" sdělila s úsměvem hromotlukovi vyvedenému z míry. „Rozumíš?" A popadla svalnatce za klopu u bundy a beze slova ho odtáhla stranou. Užaslý mladík neměl ani čas na protesty: Xenie bleskově otevřela dveře, nahlédla do kanceláře, a i když ještě nikoho neviděla, pořádně nahlas oznámila: „Jdu k Trifonu Spiridoňjeviči!"

...Drobný plešatý Trifon Spiridoňjevič byl nakonec docela obyčejný „kouzelník" z křižovatek, který vyřídil Xeniiny problémy s jejím golfem během dvaceti minut. Celá fronta jen kroutila hlavami, když Xenie jednou sama, podruhé v doprovodu dopraváka, který měl na starosti technickou kontrolu aut, přecházela po oddělení od okénka k okénku.

„Cáklá sice je," komentoval její putování podnapilý chlapík, „ale vyzná se. To jenom my pitomci tady držíme stráž celý dny, až přijde takováhle baba a je hotová raz-dva!"

Xenie neuznala závistivce hodna ani pohledu a za půl hodiny už ujížděla Moskvou ve svém osobním autě s novými poznávacími značkami a potvrzením o technické kontrole na čelním skle.

„Tak to bychom měli!" vytahovala se sama před sebou. „Stačí jedno jméno, potřebná dávka drzosti a je z toho den jak vyšitý!"

Trifona Spiridoňjeviče dohodila Xenii Puťka, aby se jí odvděčila za to, že si promluví s novým pacientem. Xenie prvně v životě využila jejích služeb a byla mírně překvapena výsledkem. Myslela si, že Puťka je opravdová puťka, taková obyčejná slepice, jak ostatně napovídá její slepičí jméno, životem věčně nespokojená kvočna, která vysedává doma, nic nedokáže a nikdy v životě neměla s žádnými úřady nic společného. Ve skutečnosti to ovšem bylo jinak, Trifon Spiridoňjevič byl prostě dědeček jednoho z jejích prvňáčků a na revanš si od Xenie nechtěl vzít jako poděkování ani láhev koňaku.

Všechno to do sebe kouzelně zapadalo. Den, se kterým Xenie počítala, že ho stráví celý v nedýchatelných frontách na dopravní policii, teprve začínal a ona teď měla před sebou hromadu volného času, který mohla využít podle svého přání. Mohla si jít třeba sednout do restaurace nebo zaskočit k někomu na návštěvu... Taky se mohla jednoduše projet po městě a kochat se tím, jak rovnoměrně přede její autíčko. Případně mohla zajet domů a pořádně se vyspat, pak se vykoupat, uvařit si silnou kávu, nalít si trošku koňaku, vzít papír a pero, posedět si, popřemýšlet...

Na světlech křižovatky s golfem ostře zabočila, až zapískaly pneumatiky, a rozjela se domů. Auto postavila u vchodu do domu, vyjela do sedmého patra. Ani se nesvlékla a zamířila k hudební věži, vyhledala oblíbené cédéčko, vložila je do přehrávače, stiskla knoflík a místnost se naplnila tóny španělské kytary.

Rozhodla se, že plánovaný spánek vypustí, tančila na linoucí se hudbu, převlékla se a zamířila do kuchyně.

Zapnula kávovar, nohy složila pod sebe do křesla, chvilku přemýšlela, vytáhla ze Serjožovy krabičky jednu cigaretu a zapálila si.

„Jedna mi nemůže ublížit," řekla si přísně. „Když není nikdo doma..."

V kávovaru to vlídně zabublalo, Xenie se pozvedla z křesla a vykoukla z okna. Její nový červený volkswagen si tam stál a svou nablýskanou karoserií důstojně odrážel skoupé paprsky zimního slunce.

„Ale ne, stejně jsem si s tebou měla někam vyrazit," zalitovala Xenie. „To na tebe mám teď takhle koukat?"

Vtom se ozval modrý telefon, který měli také v kuchyni. Xenie si vybrala právě takový přístroj, po jehož zazvonění člověk nevyskočí leknutím.

„Nikdo není doma," řekla mu Xenie. „Ani být nemůže, takže buď zticha."

Telefon ale vyzváněl a vyzváněl.

„Tak už ticho!" řekla mu přísně. „Řekla jsem ti, že tu nikdo není. Nedělej zbytečně cirkus."

Telefon se odmlčel. Xenie znovu vyhlédla z okna. Telefon se opět rozezněl.

„Palice paličatá," řekla mu Xenie a zvedla sluchátko. „Haló."

„Xenie Pavlovna?" zeptal se neznámý mužský hlas.

„No prosím."

„Já jsem ten od Kuricynové, od Jeleny Petrovny. Váš nový pacient... Haló?"

„No prosím, poslouchám," ozvala se Xenie otráveně.

„Jelena Pavlovna říkala, že souhlasíte s mou návštěvou..."

Jak jen na to mohla zapomenout? Dokonce se teď nespokojeně zamračila. Naše chyby nás přepadají většinou ve chvíli, kdy na ně zapomínáme.

„Xenie Pavlovno?" poplašeně se zeptal hlas. „Xenie Pavlovno..."

„Ano, poslouchám," povzdechla si Xenie. „Je to pravda, souhlasila jsem, že mě můžete navštívit..." Odbydu si to a víckrát se k tomu nevrátím, pomyslela si v duchu.

„Nemohla byste určit termín té návštěvy?"

Slíbila jsem přece, že půjde jen o jedno sezení, uvědomila si, a tak navrhla: „Třeba teď hned."

„Cože?" Muž na druhé straně nevěřil svému štěstí. „Můžete teď hned?"

„Já?"

„Ano, ano, vás myslím!"

„Mohu. Jistěže mohu!"

„Víte, kde mám ordinaci?"

„Vím."

„V tom případě..." Xenie pohlédla na hodiny na stěně. „V jedenáct třicet."

„Za půl hodiny?"

„Za půl hodiny. Na shledanou!"

Hodila sluchátko na vidlici a lítostivě pohlédla na rozlitou kávu na kuchyňském stole.

Kapitola 13

K tomu, aby se Gurko mohl dostat do ubytovny lékařského institutu, musel využít svého starého průkazu pracovníka policie. Když si nepříjemná vrátná přes tlustá skla brýlí prohlížela jeho průkaz, málem stačil vyrůst. Nedůvěřivá ženská doklad zkoumala ze všech stran a pokoušela se na něm za každou cenu najít něco, co by nebylo v pořádku.

„Takováhle věc je nanic!" podrážděně na něj křikla, když vytáhl z kapsy tmavočervený průkaz. „Podobný knížečky se teďka prodávaj na každým rohu!"

Přesto si od něj „knížečku" vzala a pěkně si Gurka vychutnávala, průkaz přikládala ke světle stolní lampy, škrábala po něm nehtem a pohybovala rty, aniž vydala hlásku.

Samozřejmě že důchodce nesmí nic takového mít, kádrové oddělení každému, kdo šel do důchodu, průkazy odebíralo. Označilo je obrovským razítkem „Neplatné" a předávalo je do archivu, kde se za nějakou dobu skartovaly. Gurkovi se ale nějakým nesmírně jednoduchým způsobem podařilo průkaz zatajit a později, už v důchodu, mu nejednou prokázal dobrou službu.

Pravda je, že až docela v koutku, trochu schované pod razítkem, bylo deset let staré datum, ale Gurko ještě nikdy nenarazil na takového pedanta, který by je dovedl rozluštit.

Jak vrátná pátrala po nějakém nedostatku, postupně se jí měnil výraz ve tváři od podrážděné nedůvěřivosti až k patolízalskému úsměvu. Nakonec došla k závěru, že jde nejspíš o skutečného vyšetřovatele z kriminálky, a ne o nějakého podvodníka, rozzářila se a v úsměvu vystavila na odiv své věkem opotřebované zuby.

„Nesmíte se zlobit, občane náčelníku," zadrmolila spiklenecky zničehonic, „vy máte svoje předpisy, já mám svoje předpisy... Vždyť už se nám kolikrát stalo, že jste nás vláčeli po vašich úřadech. Copak my staré báby něco takového máme zapotřebí? Nás už se pámbu natrestal dost..."

Gurko neměl chuť poslouchat její nářky – sebral průkaz a rychle vystoupil do prvního patra, kde bydleli muži. Úzká chodba osvětlená chabým světlem dvou posledních zaprášených koulí, které tu dosud přežívaly, byla plná zápachu z připálených brambor. Gurko došel k dokořán otevřeným dveřím, kterými se vstupovalo do prostorné kuchyně. Dva mladíci tu pobíhali kolem sporáku s příšerně čadící pánvičkou.

„Kdybys tam dal aspoň trochu oleje, jak se to normálně dělá!" křičel jeden z nich, kašlal, lapal po dechu a snažil se čoud rozehnat ručníkem. Byl to pěkný pořízek s mokrými vlasy, na první pohled připomínal poctivě stlučenou stoličku oblečenou do trika.

„U nás se na oleji nic nedělá," odsekl druhý, hubený mrňous.

„A na čem pečete?" podivil se první.

„Na sádle!"

„Mládenci!" zvolal hlasitě Gurko a oba medici se k němu naráz obrátili. „Kde bych našel Gošu?"

„Jakého Gošu?" zeptal se pořízek. Blížil se ke Gurkovi a díval se mu do tváře očima slzícíma z čoudu.

„Takový vysoký, světlovlasý..."

„A příjmení znáte?"

Gurko pokrčil rameny.

„Kvůli čemu ho sháníš?" zeptal se podezíravě mladík. „Jak ses sem vůbec, dědo, dostal? Naše vrátná je jako pes, hned tak někoho dovnitř nepustí... Ty jsi od policie, že jo?"

Podle tónu, jakým mluvil, Gurko pochopil, že by nebylo vhodné mu vysvětlovat, proč sem vlastně přišel.

„Ale kdepak," zalhal a zoufale se snažil rozpomenout, odkud Goša je. „Jeli jsme spolu vlakem a on si tam zapomněl knížku..." Najednou se mu vybavilo, že Goša byl z Petrohradu. „Ve vlaku z Pítěru... Stačil mi jen říct, že dělá medicínu, tak jsem si řek..."

„No jo," zamračil se mladík a obrátil se ke kamarádovi. „To je Kuzněcov... Ten, co mu to děvče to..." Znovu pohlédl na Gurka. „Běž pořád dál touhle chodbou až na konec, dědo, jsou to poslední dveře vpravo. Jenom se bojím, že nemá na knížku ani pomýšlení. Chová se pořád, jako kdyby seděl u výslechu..."

„Tak děkuju," řekl Gurko a rychle z kuchyně odešel, aby se vyhnul dalším otázkám.

U hledaných dveří se zastavil a zaklepal. Nikdo mu neodpověděl. Pomalinku otevřel a nahlédl dovnitř. Pokoj – dvě postele, psací stůl a velké čisté okno – mu připadal nečekaně útulný. Pečlivě ustláno, malá televize na nočním stolku, na podlaze nějaká kožešina. U stolu poblíž okna seděl Goša. Měl před sebou otevřené knihy a sešity. Světlovlasou hlavu si podpíral rukou a díval se oknem ven.

Gurko se zastavil mezi dveřmi a zakašlal.

Mladík pomalu otočil hlavu a pohlédl na něj. Pořádně zchátral od té doby, co ho Gurko viděl naposledy. Modré oči mu potemněly a zapadly, vystoupily lícní kosti, bledé rty měl pevně sevřené.

„Buď zdráv," řekl Gurko a přešlápl z nohy na nohu.

„Buďte zdráv," nezúčastněně odpověděl Goša, takže nebylo jasné, jestli příchozího poznal.

„Já jsem Gurko," připomněl se mu. „Iriščin soused…"

„Já vím," řekl Goša.

„Můžu dál?" host udělal krok dovnitř a tázavě pohlédl na mladíka.

Goša kývl, a zatímco si Gurko sedl na jedinou volnou židli a položil ruce na kolena, znovu soustředil svůj pohled na okno.

„Tak jak žiješ?" zeptal se Gurko.

Goša na něj pozorně pohlédl.

„Ani nevím," nakonec řekl tiše. „A co vy?"

„Líze není dobře," začal vyhýbavě. „A já…" odkašlal si a dodal: „Chci ho najít."

„Takže vy mě nepovažujete za vraha?" zeptal se mladík klidněji.

„Ne."

Oba chvíli mlčeli.

„Učíš se?" kývl Gurko hlavou na knížku.

„Mám před zkouškou," pokrčil rameny Goša a pohlédl na otevřený sešit. „Nic mi nechce lézt do hlavy."

„Co kdyby sis zajel k rodičům…" promluvil Gurko a hned se zarazil, určitě mu zakázali opustit Moskvu.

„Před sebou člověk nikam neuteče," až příliš dospěle odpovídal mládenec a vyčítavě pohlédl na hosta. „To jste za mnou přišel ze soucitu?"

„Pohřeb je zítra. Přijdeš?"

„Ne. Nechci ji vidět takhle."

„Kdy jste se viděli naposledy?"

„Ve čtvrtek, den předtím, než se to stalo. Přes den. Chtěli jsme se sejít i večer, ale měla na práci něco, co spěchalo."

„Ani jsem nevěděl, že si bere práci i domů. Tys viděl někoho z těch, komu přepisovala?"

Goša se zamyslel.

„Nevím," pokrčil rameny. „Viděl jsem, jak se občas s někým sešla... Někam jsme si třeba vyjeli a ona se cestou u někoho zastavila... Převzala práci a jeli jsme dál... Nevím."

„Ona si dávala inzeráty?"

„Jaké inzeráty?"

„No třeba jako... Pečlivě doma přepíšu – nebo tak něco."

„Ale ne. Měla i ze zaměstnání dost zákazníků. Tam přece každý něco píše, na koho se podíváte. Dizertace, články..." Pohlédl na Gurka. „Vy myslíte, že to udělal někdo odtamtud?"

„To nevím. Prostě si chci všechno prověřit... Takže si brala práci jen od lidí, které znala?"

„Ano. To vím naprosto jistě. Jeden ji doporučil druhému, ten zase dalšímu..."

„A co studenti?"

„Jak – studenti?"

„No tví spolužáci? Nepřepisovala jim ročníkové práce, diplomky?"

„To sotva. O tom bych věděl. Beze mne se s nikým z fakulty nebavila," odpověděl po krátkém odmlčení.

Gurko vstal a zapínal si kabát.

„Tak dobrá…"

Goša na něj najednou pohlédl s tak nevýslovným smutkem v očích, že k němu přistoupil a položil mu ruku na rameno.

„Nemají žádné přímé důkazy," řekl mu.

„K čemu? K vzetí do vazby?" zeptal se lhostejně. „Na to ani nějak nemyslím. Pořád se mi o Irce zdá."

Kapitola 14

„Xenie Pavlovno!" zavolala na Xenii vedoucí stomatologického oddělení, které bylo ve stejném patře jako její ordinace. Vedla pod paždí starou ženu s utrápenou tváří. „Copak vy máte dnes ordinační hodiny?"

„Vlastně ano," odpověděl Xenie za chůze a cestou si rozepínala kožíšek. „Pacienta mimo pořadí."

„No nazdar!" Vedoucí si polekaně zakryla ústa rukou. „A já mu řekla, že tu dnes nebudete."

„Komu jemu?" Xenie se zastavila.

„Ale tomu pacientovi. Přišel sem asi tak před dvaceti minutami, tak jsem ho vyprovodila…"

„Vážně?" Xenie se dokonce zaradovala.

Stará paní trpělivě čekala na doktorku a teď už to nevydržela a se zavřenými ústy něco zahuhlala. Vedoucí se zarazila:

„Už jdu, už jdu… Tak se na mě nezlobte, Xenie Pavlovno."

„Nic se nestalo. Já jsem si stejně potřebovala zajít do ordinace."

To je jedině dobře, pomyslela si, když strkala klíč do zámku u své ordinace, dokonce moc dobře… Když odešel, tak odešel. Třeba už nikdy nepřijde. Aspoň si tu vypiju kávu…

Stále se pokoušela otočit klíčem, a pořád jí nedocházelo, že dveře jsou odemčené.

„To je divné..." řekla polohlasem, když vcházela do ordinace, a vzápětí tlumeně vykřikla.

Na pohovce pro pacienty seděl zády ke dveřím nějaký muž. Nečekala, až se otočí, a vrhla se k východu.

„Xenie Pavlovno!" zaslechla za sebou. „Já jsem ten, co vám volal."

Pro jistotu otevřela dveře dokořán a co nejhlasitěji, aby to bylo slyšet i na chodbě, se zeptala:

„Jak jste se sem dostal?"

Muž se tiše zasmál a vstal.

„Chtěli mě odtud vyhodit, ale přemluvil jsem sestřičku a ona mi otevřela."

Udělal k ní několik kroků a vtom ho poznala.

„To jste vy?!"

Provinile rozhodil ruce.

„Řekla jste mi přece, že bez doporučení nikoho neberete..."

Najednou ji popadl příšerný vztek.

„Taky že vás nepřijmu, doporučení nedoporučení!" dalo jí práci udržet se. „Opusťte laskavě mou ordinaci."

„Vy si myslíte, že vás pronásleduji?" tiše se zeptal.

„A co si myslíte vy?!"

„Prostě se mi zdá, že jste jediný člověk, který mi může pomoct."

Nahrbil se, vyšel z ordinace a tiše za sebou zavřel. Xenie se na chvilku zastavila, dívala se na místo, kde ještě před chvílí stál ten podivný pacient, pak otevřela dveře a zavolala:

„Vraťte se!" Sundala si kožíšek a pečlivě si ho pověsila na ramínko.

Slyšela jeho kroky, neotočila se však, jenom rukou naznačila, aby vstoupil.

„Pojďte dál," řekla.

Poslechl a usedl na kraj pohovky, zatímco ona se usadila za svůj stůl, vytáhla kartotéční list a pohlédla na něj.

„Čeká nás pár formalit," pronesla monotónně. „Sedí se vám dobře v tom kabátě?"

„Proč jste změnila své rozhodnutí?" zeptal se a upřeně se na ni díval svýma světlýma očima.

Xenie se na chvilku zamyslela a s náznakem úsměvu pak řekla:

„Na tuhle otázku vám odpovím až na konci sezení, ano?"

„Ono se bude to sezení konat?"

„Už se koná." Počkala, až si svlékl kabát a znovu usedl na pohovku. „Udělejte si maximální pohodlí, třeba si dejte nohy nahoru… Tak a teď mi řekněte, jak se jmenujete, rok narození, povolání."

Dlouho se vrtěl, provinile se díval na boty položené na pohovce, pak na ni znovu pohlédl.

„Oleg Ivanovič Kovtun. Narozen 1956, právník."

Xenie vyplnila list a odložila ho. Vzala diktafon a zeptala se:

„Nebude vám to vadit? Mám ve zvyku si celé sezení zaznamenávat."

Kovtun pokrčil rameny.

„Mně je to jedno."

„Tak dobře." Xenie si nového pacienta chvíli prohlížela a pak mu najednou položila otázku. „Proč si myslíte, že potřebujete psychoanalytika?"

Chvíli mlčel, než odpověděl.

„Mám problémy se ženami."

„Co myslíte tím výrazem *problémy*?"

Další odmlka. Xenie už chtěla svou otázku, která byla dost na tělo, pozměnit, a nahradit nějakou neutrálnější, ale pacient mírně pohnul rty, takže se mu pohnula jizva v koutku úst.

„Nemohu s nimi provozovat sex," řekl s úsměvem. „Fyzické kontraindikace v tomto ohledu nemám. Ověřoval jsem si to."

„Vám se ženy nelíbí?"

„Máte na mysli sexuální orientaci? Ne, v tomhle směru jsem normální. Muži a malí chlapečkové mě nevzrušují. Ostatně malé holčičky také ne. Nejsem nekrofil ani zoofil a jediné, co mě pojí s osly, je paličatost."

Xenie si ho upřeně prohlížela.

„Na to naše sezení jste se připravil celkem slušně," poznamenala a usmála se. „Dá se říct, že jste za mě udělal polovinu práce…"

Kovtun zvážněl.

„Měl jsem spoustu času," namítl příjemným hlasem. „Pročetl jsem na tohle téma stohy všelijaké literatury, otestoval sám sebe podle všeho, co o tom bylo napsáno." Usmál se, naklonil hlavu, a skoro jako by ji chtěl svádět, řekl: „Takže jestli se rozhodnete podrobovat mě testům, odmítnu. Už bych to znovu nesvedl."

Odmlčeli se a chvíli si jeden druhého zkoumavě prohlíželi. Xenie mu teď viděla dobře do tváře s rovným krátkým nosem, i jizvu nad rtem a v té chvíli znovu, jako se jí to stalo tehdy v metru, měla pocit, že už tenhle obličej někde viděla.

„Beru na vědomí," řekla. „A jak se s těmi problémy vyrovnáváte?"

Zamrkal a stále se jí díval do očí.

„Nijak." Pokrčil rameny a opakoval se sklopenýma očima: „Nijak."

Jeho tělo v pozici ležmo se na pohovce jako by trochu vzepjalo, bradu měl vysunutou, obočí mírně pozvednuté.

Slovo *nijak* a pozice ležmo vyjadřovaly pacientův odpor, byly znamením jeho protestu dotýkat se tohoto citlivého tématu, a tak se Xenie rozhodla přeladit jinam.

„Chcete mi povědět něco o svém dětství?" zeptala se.

„Co konkrétně?" pohotově zareagoval.

„Cokoli vás zrovna napadne."

Chvíli byl zticha, pak se rozesmál.

„Víte," začal, „moje matka mi v dětství říkala Bublino. Ne snad proto, že bych byl tlustý, naopak, byl jsem hubeňour, co se může převlékat za bidlem. Byl jsem prostě strašně urážlivý a jenom ona mě dokázala dostat z té mé nafoukanosti. Když mi řekla Bublino, její oči se přitom vždycky smály. Už zase děláš Bublinu? A všechen pocit křivdy byl pryč... To je legrační, co?"

„Ani ne," vážně mu odpověděla. „Proč myslíte, že jste si vzpomněl právě na tohle?"

„To nevím." Udiveně na ni pohlédl.

„Urazila jsem vás?"

„Ale ani v nejmenším... Naopak... Prostě jsem si na to vzpomněl."

„Jaké naopak?" Všimla si, že chce něco namítat, a tak mu to vlídně vysvětlila: „Chtěla bych vás upozornit, že během sezení často některá slova dokážou vlézt pěkně pod kůži..."

„Ano, jistě, to chápu."

„Tak tedy proč naopak? Co jste tím chtěl říct?"
Smutně se zasmál.

„Ani nevím... Určitě jsem tím chtěl naznačit, že se mi líbíte... Že jste vůči mně pozorná a tím že jste mi připomněla matku..." Tázavě na Xenii pohlédl. „Nevadí, že to říkám?"

„Je dobře, že vůbec mluvíte. Mám dojem, že jste nadaný pacient, všechno jde jako po másle."

„Děkuju."

„A co otec? Ten k vám byl také vstřícný?"

Kovtun se zamyslel.

„Možná byl, ale ne tolik jako maminka... I když to je nejspíš jedno... Oba mě měli moc rádi..." Odmlčel se, pohupoval nohou a najednou prudce změnil téma: „Ještě pořád mi nechcete říct, proč jste změnila své rozhodnutí?"

Xenie se zasmála a Kovtun na ni udiveně pohlédl.

„Víc na místě by asi bylo zeptat se mě, proč jsem se rozhodla za žádných okolností vás nepřijmout," vysvětlila mu.

„Z jakého hlediska by to bylo... víc na místě?"

„Z hlediska psychoanalýzy." Najednou se přistihla, že se cítí trapně. „Mé rozhodnutí nikdy vás za žádných okolností nepřijmout má také jistou motivaci, která však není adekvátní ve vztahu ke mně... Prostě psychoanalytik tu má o čem přemýšlet." Znovu se zasmála.

Kovtun se rovněž rozveselil.

„To pak znamená, že jsem tu teď plnil úlohu analytika já?"

„Něco takového."

Na tváři se mu objevil široký úsměv.

„No to se mi líbí."

„Můžu vám já položit otázku?" zeptala se.

„Samozřejmě."

„Domluvili jsme se, že na vaši otázku vám odpovím na konci sezení. Znamená snad to, že jste mi ji položil znovu, že chcete dnešní sezení ukončit?"

Kovtun na ni upřel doširoka otevřené oči.

„Já nevím," řekl nakonec. „Možná."

„Proč jste se tak rozhodl?"

Zamračil se a sundal nohy z pohovky. Dlaněmi si třel obličej a pohlédl jí do tváře očima, které jako kdyby právě onemocněly. „Nejspíš proto, že jsem dnes nechtěl s vámi mluvit o tom, že když mi bylo šest, mí rodiče zahynuli při autonehodě," řekl tiše.

Kapitola 15

Štěně bylo tak mrňavé, že svou velikostí připomínalo spíš jednoměsíční kotě. Hubené tělíčko se celé tříslo, štěňátko se marně pokoušelo sednout si, všelijak se snažilo uložit na studeném sněhu svůj kostnatý zadeček, vždycky však okamžitě vyskočilo, jako by se spálilo. Skupina lidí, která stála mlčky u hrobu nedávno vykopaného v promrzlé zemi, mu naháněla strach; zvídavě zvedalo čumáček, a uši, které byly na takovou malou tlamičku příliš velké, mu vlály jako plachty.

Gurko se co chvíli ohlížel na nešťastného zrzavého psíka, který z nevysvětlitelného důvodu dokázal člověku ulevit od hlodavé bolesti v srdci. Iriščina teta, která přijela z Magnitogorska a celý pohřeb uspořádala, odsuzujícím pohledem sledovala Gurkův nemístný zájem. Gurko si povzdechl, ruce si založil na břiše a začal se dívat, jak hlína se sněhem dopadá na rakev.

Konečně byl celému obřadu konec a přítomní, dvě dívky s černými šátky vyděšeně mávající řasami, tři zřízenci neurčitého věku s patřičným výrazem ve tváři a domovnice ze sousedství, se začali rozcházet. Gurko se nenápadně ohlédl a viděl, že štěně pořád ještě sedí na původním místě. Teta z Magnitogorska chvíli postála u hrobu, oči si otírala kapesníkem zmačkaným do kuličky a pak zamířila nahrbeně k autobusu. Když šla kolem Gurka, zastavila se a řekla nevlídně:

„Autobus na nikoho čekat nebude!"

„To nevadí." Gurko na ni ani nepohlédl a zvedl si límec u kabátu. „Já se nějak domů dostanu."

Žena pokrčila rameny, lhostejně přejela pohledem po štěněti, pak znovu pokrčila rameny a v semišových střevících se vydala po chřupavém zmrzlém sněhu pryč. Jakmile zmizela v ranní mlze, Gurko rychle zamířil ke štěněti a usedl před ním na bobek:

„Je ti zima?"

Štěně ani nemělo sílu utéct, naježilo se, povzdechlo a smutně na něj pohlédlo hnědýma očima. Gurko k němu natáhl ruku, ale psík uskočil; ztratil však rovnováhu, padl na záda a rázem to vypadalo, že se chce pochlubit svým světlejším a zcela bezbranným bříškem. Gurko nečekal, že bude štěně tak teplé, skoro až rozpálené, jenom nos a uši mělo studené. Opatrně strčil jeho skoro nic nevážící tělíčko pod kabát a svižně vykročil k východu ze hřbitova.

Domů jet nemohl, nebylo to směrem, kam měl namířeno. Vzal si taxíka a rozjel se rovnou do Serbského institutu v jedné zcela nemoskevsky tiché uličce na Arbatu. Pohodlně se usadil vzadu, aby zbytečně nerozptyloval řidiče, a díval se okénkem ven. Štěně se zatím stačilo zahřát a usnulo mu pod kabátem.

Tak se vrátíme k našim záležitostem, řekl si pro sebe. Snažil se tak utlumit deptající smutek, který se v něm usadil ve chvíli, kdy viděl Iriščinu mrtvolně bledou tvář se sotva viditelnými oděrkami na bradě a spáncích, obratně skrytých maskérem. Tak tedy k věci: všechny oběti včetně poslední měly něco společného s psychiatrií nebo psychologií. Pojďme dál. Tři z nich v této odbornosti přímo pracovaly, čtvrtá byla manželkou psychiatra, pátá venčila psa poblíž neurologické kliniky. Z toho vyplývá, že vrah má přímý vztah k tomuto oboru... Tedy – k psychiatrii. Buď na všech těchto místech pracoval (třeba i s věhlasným moskevským profesorem), nebo ta místa vzhledem ke svému zaměstnání jednoduše navštěvoval a tak si vybíral své oběti. Přitom se nesmí zapomenout, že jejich věk, sociální postavení ani nějaké zvláštnosti v oblékání (což bylo nejednou při vyšetřování sledováno) nebyly pro maniaka určujícím faktorem. Přesto dlouhé přestávky mezi jednotlivými zločiny svědčí o tom, že jeho volba nebyla náhodná a že existovalo něco, podle čeho odsuzoval své oběti k smrti... I když důvodem samozřejmě může být, že k záchvatům plynoucím z jeho nemoci docházelo nepravidelně... Řekněme, že jde po ulici, a najednou bác! už je to tady. Vrhne se na první oběť, kterou potká, a zabije ji...

„Nesmysl!" okřikl se Gurko nahlas a růžolící řidič na něho udiveně pohlédl do zpětného zrcátka. „Promiňte, to já si jen tak povídám," omluvil se. Zrozpačitěl, zachumlal se ještě víc do šály, zavřel oči a pokračoval zase jen v duchu.

Samozřejmě že je to nesmysl. Kdyby to všechno bylo tak jednoduché, jeho oběťmi by byly prodavačky, uklízečky, novinářky, prostě kdokoli, koho člověk mohl v takové chvíli potkat na ulici. Ten náš hrdina je z nějakého důvodu příliš náročný ve své volbě... To bude na každý pád zapotřebí s někým zkonzultovat... Aby se dalo vyloučit... Třeba se ukáže, že má vážný důvod, aby se soustředil na ženy, které mají nějaký vztah k podobným institucím...

Dobře. Co víme ještě? Dál víme, že...

Štěně pod Gurkovým kabátem zakňučelo, zavrtělo se, opřelo se mu zadníma nohama o břicho. Gurko strčil ruku pod kabát a štěně otočil. Taxikář si znovu se zájmem prohlédl podivného zákazníka a Gurko si raději stáhl čepici do očí.

Uvažujme dál, zahloubal se znovu. Goša tvrdí, že si Iriška brala přepisy jenom v institutu. Budeme-li předpokládat, že nepořádek v jejím bytě udělal pachatel, pak ten maniak nemůže být v jejím seznamu zákazníků, který jsem dostal od Šanina. Kromě toho ze šesti lidí, kteří jí dávali práci, jenom jeden pracoval na neurologické klinice, ti ostatní byli vesměs mladí, budoucí kandidáti věd, a v době, kdy maniak začal vraždit, byli ještě na houbách. Z toho plyne, že tihle všichni jsou mimo podezření...

Auto projelo Arbatským náměstím, ponořilo se do ticha uliček a zastavilo u vysoké ponuré budovy z minulého století. Gurko jednou rukou přidržoval štěně, druhou rukou zaplatil a vystoupil.

Policista, který měl stráž u vchodu do Serbského institutu, podezíravě pohlédl na podivně vypouklý Gurkův kabát na prsou, když však uviděl rudou knížečku, nic neřekl.

Petr Semjonovič vyšel po širokém schodišti a bez potíží našel svého známého, který mu pomohl najít místo pro Irišku, a teď mu pomohl najít taky všechny ty lidi, kteří se na ni obraceli s přepisy. Vyhřáté a ospalé štěně, které Gurko vylovil zpod kabátu, se rázem stalo středem pozornosti mladičkých laborantek, které přinesly krabici mléka a šišli mišli začaly psíka krmit. Když si jeho majitel uvědomil, že o mrňouse je na chvíli postaráno, klidně se mohl věnovat své práci. Otázky, které dával, měly rutinní charakter.

„Kdy jste dával té dívce něco na přepsání?"

„Od koho jste se dozvěděl, že si bere domů přepisování?"

„Komu jste ji doporučil jako písařku, která bere práci domů?"

Kruh se rychle uzavřel. Gurkovi se podařilo promluvit během dopoledne se všemi, koho měla v seznamu. Už se loučil s posledním, byl to takový optimisticky vyhlížející mrňous s černou kšticí, která mu neustále padala do očí, až měl chuť jízlivě mu poradit, aby si ty hloupé vlasy ustřihl a někam daleko zahodil.

„Tak děkuju," řekl, když mu podával ruku na rozloučenou.

„Není zač," opětoval mrňous a zároveň se zdravil s někým, kdo procházel kolem. „Ale počkejte!" zvolal a pleskl se najednou do čela. „Jak jsem na to mohl zapomenout! Ještě Oleg Ivanovič se mě ptal, jestli nevím o někom, kdo přepisuje!"

„Oleg Ivanovič?" zeptal se Gurko a pokoušel se rozpomenout, jestli se takové jméno vyskytovalo v Šaninově seznamu.

„Kovtun... Oleg Ivanovič," vysvětloval mrňous a prstem ukazoval na záda muže v bílém plášti. „Docent z katedry pro zvyšování kvalifikace. Zrovna šel kolem. Vážně ale nevím, jestli se na ni obrátil nebo ne."
To už Gurko vyrazil za vzdalujícím se mužem.

Chvilku mu připadalo, že Kovtun vyslechl jejich rozhovor a místo aby se zastavil, přidal do kroku. To byl však omyl. Muž dohnal ženu před sebou a pustil se s ní do řeči. Gurko trpělivě čekal, až spolu domluví, a pak přistoupil ke Kovtunovi.

„Olegu Ivanoviči!" oslovil ho, když bral za kliku jedné z kanceláří.

Kovtun se obrátil a Gurko se mu vpil soustředěným kriminalistickým pohledem do tváře. Byla to docela sympatická tvář s pravidelnými rysy a světlýma očima. Mírně se usmíval konci svých rtů a dobrodušně se na něho díval.

„Gurko," představil se. „Kriminálka. Dovolíte, abych vám položil několik otázek? Vyšetřujeme jeden případ."

„Prosím." Kovtun byl okamžitě ochotný, dokonce se k vyšetřovateli mírně sklonil, i když byl jen o chlup menší.

„Určitě jste o té vraždě slyšel..." začal Gurko.

„Jistěže," potvrdil to docent. „Všichni o ní slyšeli. Něco takového se nestává každý den."

„Děvče, které někdo zabil, jak víte, pracovalo tady v institutu jako písařka. Je známo, že si brala domů přepisy kvůli penězům... Je tu hodně takových zákazníků?"

„Já myslím, že ano." Kovtun uvážlivě pokýval hlavou. „Sám taky využívám takových služeb."

„No vida," zaradoval se Gurko. „Právě jsem se vás na to chtěl zeptat. Obrátil jste se s takovou žádostí na Kuzněcovovou?"

„Na Kuzněcovovou?" podivil se docent. „Abych pravdu řekl, neznám ji podle příjmení... Lena, Nataša... Podle křestních jmen je znají všichni, ale podle příjmení maximálně v kádrovém oddělení."

„Jmenovala se Irina."

„Irina?" Kovtun se zamyslel. „To nejspíš ne. Na žádnou Irinu jsem se tuším neobracel..."

Gurko pozorně sledoval jeho tvář.

„I když..." Kovtun najednou ožil. „Teď si vzpomínám, nějakou Irinu mi doporučoval Edik Konstaňjan... Takový černý, s čupřinou... Já jsem se ale k ní nedostal. Potřeboval jsem přepsat metodiku."

„Jakou metodiku?"

„Takové brožurky pro studenty naší katedry. Je to něco jako rychlokurz... Uspořádal jsem to a předal Nataše, ta byla z naší katedry. Už u nás pro vaši informaci skončila."

Kapitola 16

„Vy nepracujete rád s ženami?"
„Ženy jsou svým způsobem chytré, absolutně si však nedovedou zorganizovat pracovní dobu... V podstatě se nedokáží sladit s časem, neváží si ani svého, ani cizího času."
„Vy nemáte rád, když musíte na někoho čekat?"
„Nemám. Nepředstavitelně mě to rozčiluje. Já osobně jsem člověk naprosto přesný, vždycky raději přijdu o chvilku dřív, třeba o deset patnáct minut... Když se někdo opozdí na schůzku, považuji to v mém případě za neúctu ke mně, k mému času."
„Vždycky přijdete před stanovenou dobou?"
„Ano. Domnívám se, že nemám právo nechat na sebe čekat."
„Nikdy vás nenapadlo, že třeba chodíte dřív proto, abyste měl pádnější důvod rozčílit se na toho, kdo se opozdí?"
Odmlka.
„Vy si to myslíte?"
„Nemyslím, prostě vám navrhuji, abyste ten problém nahlédl z opačné strany."
„To ale není můj problém! To je problém lidí, kteří mrhají cizím časem!"

„S tím souhlasím. Člověk, který – jak vy říkáte – chronicky mrhá cizím časem, má nějaký problém. Ale i vy, pokud takovému člověku věnujete tolik pozornosti, máte problémy."

Další odmlka.

„To si nemyslím. Prostě to beru tak, že když se žena opozdí, ať už vědomě nebo ne, dává mi tím najevo, že si mě neváží."

„Cítíte se v takové situaci ponížený?"

„A-ano."

„Vytknete jí to, když se opozdí?"

„Nemá to smysl. Každá si nějak zdůvodní svou netaktnost."

„Chováte se ale tak, aby pochopila, že nejednala správně?"

Dlouhá odmlka. Pokašlávání.

„Ano…"

Xenie vypnula diktafon.

„Je to komické," řekla nahlas.

Jestliže Xenie mluvila obecně o zpozdilcích a používala mužského rodu, Kovtun o nich zásadně mluvil v ženském rodě. Charakteristické také bylo, že nemluvil o výtkách opozdivšímu se muži (spíše šlo o ženy přicházející pozdě, dokonce bylo naprosto jasné, že ve skutečnosti šlo jenom o ně). Znamenalo to jediné: Kovtun měl svůj systém „trestů" pro ty, kdo se provinili, nechtěl však (nebo nemohl, což bylo v takové situaci totéž) Xenii sdělit, o jaký systém šlo. Xenie se dokonce sama chtěla opozdit na sezení, aby ho vyprovokovala, neznala ho však doposud natolik dobře, aby si mohla takový experiment dovolit.

Vstala z křesla a pohlédla na hodinky. Půl druhé v noci. Už tři hodiny se zabývala rozborem posledního sezení s Kovtunem, znovu a znovu si přehrávala magnetofonový záznam a dělala si poznámky do svého bloku. Zítra ráno má však jiné pacienty. Asi mu věnuje příliš mnoho času.

Ovšem sezení s ním jí připadala nezvykle zajímavá. Na jedné straně o sobě hovořil ochotně, přímo ji zasypával informacemi. Na druhé straně cítila, že existuje obrovská oblast, kterou za svými upřímnými výlevy tají. Z minulosti nejraději mluvil v podstatě o svém dětství, o období, než přišel o rodiče, prakticky neřekl nic o sobě dnes, tady a teď, a Xenii pokaždé dalo spoustu práce, než se jí podařilo získat od něj nějaké útržkovité informace z dnešního života. Začátky jeho problémů byly podle Xenie samozřejmě banální. Ztráta rodičů v raném věku zcela změnila jeho život, jakým směrem se však ubíral dál, to se jí zatím objasnit nepodařilo. Jeho neúspěchy s ženami byly jen vrcholkem ledovce právě toho základu, na kterém stavěl svůj život. Ochotně jí vyprávěl o svých školních úspěších, podrobně a barvitě líčil svůj život u tety, sestřenice jeho otce, která se stala poručníkem po smrti rodičů, zcela otevřeně, až to hraničilo skoro s masochismem, popisoval své neúspěšné pokusy v sexuálním životě. Přitom bylo jasné, že všechny ty pokusy – byly všeho všudy tři – podrobil pečlivému, téměř profesionálnímu rozboru.

Byl to zajímavý pacient, na kterém byla zřetelně znát schopnost sebeanalýzy naprosto spontánní, a ta existovala v souladu s naivní vírou ve vlastní neomylnost. Za takového stavu bylo tím zvláštnější, že se přesto rozhodl obrátit na psychoanalytika. Takoví lidé se považují za nejvyšší instanci pravdy, neuznávají žádné autority, natož aby si někdo dovolil zpochybňovat jejich životní závěry – o tom nemůže být vůbec řeč.

Přesto všechno přišel za ní, což bylo podivné, hlavně to však dávalo naději na úspěšnost terapie. Dalo se samozřejmě předpokládat, že ho v úplném začátku upoutala samotná Xenie a pak se zrodil nápad chodit k ní na sezení. To není zase žádný velký problém. Zamilování pacienta do analytika je záležitost poměrně dost banální a běžná a Xenie se s tím jako profesionál dokázala vyrovnat...

„Půjdeš si už lehnout?"

Xenie sebou trhla. Nepostřehla, že Sergej přišel tiše do kuchyně a zastavil se u ní.

„Hm," přikývla a stále myslela na svou práci.

Nalil vodu do čajníku a postavil ho na sporák.

„Máš kruhy pod očima," řekl Sergej a usedl ke stolu proti ní.

„To je tím světlem," odpověděla. „I když... jsem trošku unavená."

„Trošku? Víš, že si nevzpomínám, kdy jsi naposledy chodívala spát po půlnoci? Snad když byla Aňka malá."

„Nelži," zasmála se Xenie. „Když v noci řvala, chodil jsi k ní ty. Já nebyla ani schopná zvednout hlavu z polštáře."

„To je fakt. Psalas kandidátskou práci. Na co ti to vlastně bylo? Kdybys nebyla kandidátkou, pracovala bys se stejným úspěchem a pacientů bys měla taky tolik."

„Kvůli seberealizaci. Hele, už se to vaří."

Sergej vstal, nalil oběma čaj, znovu usedl proti ní a zapálil si.

„To tvé noční bdění nějak souvisí s novým pacientem?" položil jí další otázku.

„Určitě."

„Je to zajímavé?"
„Je."
„Tak povídej."
Xenie chvilku mlčela, než promluvila:
„Přišel o rodiče, když mu bylo sedm let. Žil u tety, výtečně se učil, vyhrával na všech olympiádách. Vystudoval univerzitu a začal pracovat. Za celou tu dobu neměl nic s žádnou ženou."
„No nazdar!"
„No právě to nazdar. Nejde jen ale o to."
„A o co tedy?"
„Víš…" Xenie zamyšleně hleděla do okna, oči se jí zúžily, ve tváři se jí objevil výraz, jako kdyby se pokoušela na něco si vzpomenout. „Víš, každý pacient přece má co skrývat nejen před psychoanalytikem, ale i před sebou samým. Analytik nejčastěji vidí tu uzavřenost, ten odpor. To lze sledovat podle pozice pacientova těla, podle držení rukou, nohou, jaké běžné nebo nové pohyby dělá… Sevřené pěsti, ruce zkřížené na prsou, zívání během sezení a tak dál. Dokonce i když se ani nepohne, může to být ukazatelem, že chce něco zatajit. S Olegem to je podobné, ale současně to je něco jiného…"
„S Olegem?"
„Tak se jmenuje."
„Ty ho oslovuješ křestním jménem?" podivil se Sergej.
„Oslovuju pacienta tak, jak si to přeje," stroze odpověděla a sama byla překvapena, jak byla najednou podrážděná.
„A on si přeje, abys mu tak říkala? Kolik mu jen tak mimochodem je?"
„Je o něco starší než já."

„A on tě taky oslovuje křestním jménem?" pokračoval ve výslechu Sergej.

„Ano. Sám mě o to požádal, lépe se mu tak mluví," stále podrážděněji odpovídala Xenie. „Co sis na mě tak zasedl?! Žárlíš snad?"

„Chraň pámbu!" rozhodil ruce manžel. „Prostě mě to zajímá."

„Co je na tom zajímavého?"

„Proč se rozčiluješ?" Sergej se k ní naklonil přes stůl a Xenie viděla, že se mu smějí oči. „Vadí ti, že si zatím netykáte?"

„Hele, kdo z nás dvou je psychoanalytik?" nuceně se zasmála Xenie. „A kromě toho, co jsi myslel tím *zatím*? Už jsme spolu mluvili aspoň třicet hodin…"

„To ale není důvod k tykání," řekl Sergej a zcela otevřeně si z ní dělal legraci.

„Já nevím," zvážněla Xenie. „Nevím, kam jsem se to dostala… Musím to promyslet… Víš, mě na těch sezeních zaráží spousta věcí."

„Co například?"

„Třeba proč jsem souhlasila, že se mu budu věnovat, nehledě na to, že jsem to jednoznačně nechtěla. Něco má ve výrazu tváře, nechápu to… A ještě něco…"

„Říkalas, že něco tají," připomněl jí muž.

„Ach ano. Prostě jsem chtěla říct, že někdy jasně vidím, jak se staví na odpor. Dokonce působí dojmem, že to dělá zcela záměrně, tady jsem v opozici, ale tady už ne… Prostě se nemůžeme pohnout z místa. On je pořád stejný, náladu má dostatečně vyrovnanou, je zdvořilý, přívětivý nehledě na to, co se v jeho životě děje…"

„Víš co?" přerušil ji manžel a vstal. „Pojď, jdeme spát, protože mám takový dojem…"

„…a to nejdůležitější," jako by ho Xenie nevnímala, „nikdy se mu nic nezdá."

„Tak dělej, vstávej." Sergej ji vzal za ruku a lehce ji k sobě přitáhl. „Nemá sny, nebo o nich nechce mluvit?"

„V tomhle případě to je totéž..." brumlala Xenie, napůl už spala a dala se Sergejem vést. „Sny jsou hlavní bránou do bezvědomí." Vešla do ložnice hned za mužem a začala si rozvazovat pásek hedvábného županu. Když se s tím vypořádala, padla do postele, a třebaže už napůl spala, stačila ještě zašeptat: „Jestliže člověk tají své sny nebo si je nepamatuje, znamená to jediné: nechce, aby někdo odhalil jeho neuvědomělý a instinktivní život..."

Kapitola 17

Gurkovi se celou noc zdály příšerné sny. Viděl se v nich jako malý kluk, který se škrábal po nekonečném schodišti. Každý další schod překonával s obrovskou námahou, cesta zpátky nevedla, schody se jeden po druhém rozpadaly a on taktak stačil přelézt vždycky na další, nahoře byla mlha, té strašné cestě nebylo konce a už mu docházely síly, nohy mu po šikmých schodech klouzaly, Gurko se ve spánku zmítal, sténal a skřípal zuby.

Polekaná manželka mu třásla ramenem, napůl spal, blekotal něco nesrozumitelného a znovu upadal do blouznění.

Právě se mu zdálo, že v jeho voliérách a klecích nejsou králíci a opičky, ale nemluvňata a že v místnosti stoupá voda; snažil se děti zachránit a neustále se pokoušel otevřít klece. Dvířka ale pevně držela, trhal jimi sem i tam, voda stále stoupala a on s hrůzou sledoval, jak vodní živel zaplňuje místnost.

Opět se probouzel celý ulepený od studeného potu.

„Příšerné noční můry," ztěžka ze sebe vypravil na němou Lízinu otázku.

„Jen aby to nebyl srdeční záchvat?" obávala se. „Srdeční záchvat se takhle projevuje... Já ti přinesu něco k pití..."

„Nesmysl," zaprotestoval a znovu usnul.

K ránu už ho zlé sny tolik netrápily, nezmizely však; ten poslední nebyl ani tak strašný jako spíš nepříjemný a způsobil, že začal přicházet k sobě. Zdálo se mu o Šaninovi, který ho kdovíproč šťouchal pistolí do boku a stále opakoval:

„Rozsviť, Semjonyči, prosím tě rozsviť..."

Ta pistole ho strašně rozčilovala, až se konečně probral.

V pokoji byla ještě tma, ale z ulice sem už doléhaly ranní zvuky: s uličnickým rámusením pod okny projela vyzvánějící tramvaj, příšerně tam rámusil lopatou domovník, který odklízel sníh, novinky si sdělovali psi, kteří si vyšli na procházku. Gurko pohlédl na spící ženu, jejíž tvář vypadala ve světle zářících luceren docela mladě. Shrnul jí pramínek vlasů z čela a otočil se na záda.

Do boku ho jako před chvílí ve spánku něco tlačilo, bleskově si vzpomněl na poslední sen se Šaninem. Určitě jsem marod, pomyslel si, zdravému člověku se přece nemůže zdát něco tak šíleného... Zajel pravou rukou pod prostěradlo a nahmatal tam něco teplého a malého. Teprve teď se zcela probudil a odhodil ze sebe přikrývku.

O bok se mu důvěřivě tlapkami opíralo spící štěně. Oči mělo pevně zavřené, chvílemi sebou trhalo a vydávalo strašně legrační zvuky tak trochu připomínající vytí se zavřenou tlamičkou.

„Ty potvůrko," zašeptal Gurko a opatrně, aby je neprobudil, posunul štěně o kousek dál.

Psa však ani nenapadlo probouzet se. Vykoupaný

a nakrmený nejspíš teď dospával všechny ty nešťastné dny, které strávil na promrzlém hřbitově. Jelizaveta Ivanovna mu udělala pod židlí v krabici speciální pelíšek ze staré mužovy šály, ale štěně chtělo být v noci blíže lidem, které považovalo za své rodiče, a zalezlo si k nim. Teď právě se stočilo do klubíčka u boku Jelizavety Ivanovny a znovu sladce zavrnělo. Gurko je pohladil po hebkém kožíšku, přikryl je a vstal.

Nerozsvítil ani v ložnici, ani v obýváku, šel rovnou do koupelny, kde se hezky dlouho dával do pořádku. Mimořádnou péči věnoval obličeji; nesnášel trčící neoholené vousy věkem přebarvené na šedivo, které mu zbytečně přidávaly aspoň deset let.

Pak šel do kuchyně, postavil na sporák čajovou konvici, sundal z něj píšťalu, aby neprobudil ženu, a odešel do místnosti se zvířaty, která ho uvítala radostnou směsicí hlasů.

Čistil klece, rozléval do misek vodu, přiděloval potravu a rozmlouval se zvířaty spíš ze zvyku, všechno dělal automaticky, neměl z té samotné práce obvyklé uspokojení. Když nadešla chvíle, kdy vynášel z voliér odpadky, neudělal to jako každý den ihned, ale postavil kbelík z umělé hmoty u dveří, aby ho nezapomněl vynést později. Usedl bezmyšlenkovitě do křesla, netečně pozoroval zvířata pobíhající starostlivě kolem snídaně, a čekal.

Tyhle své stavy dobře znal. Stávalo se mu to pokaždé, když se vyšetřování ocitlo ve slepé uličce a žádné seberozumnější úvahy nevedly z mrtvého bodu. Samozřejmě si nepředstavoval, že vraha usvědčí okamžitě po první návštěvě v Serbského institutu. Věřil však, že se mu podaří chytit se něčeho, co ho povede krok po kroku dál.

Nic takového se ale nestalo. Kdyby přitom šlo o prostý omyl, kvůli kterému vyšetřování nevedlo správným směrem, pak by to nebylo žádné neštěstí. Procházel v paměti uplynulý den do nejmenších podrobností, vybavoval si všechny, s kým se v institutu setkal, a pořád nic.

Jenom jednou to vypadalo nadějně, už si dokonce myslel, že je na stopě, ale stopa se rozplynula. Po rozmluvě s Kovtunem vyhledal písařku, která pro něj skutečně přepisovala, ale tím to všechno končilo. Na katedře, kde pracoval Kovtun, Iriška nikdy nebyla a v kanceláři si nikdo na nic nemohl vzpomenout. Byla to falešná stopa.

Teď už musel jenom čekat. V hloubi duše spoléhal na svou intuici nebo snad ještě na něco jiného... To už se mu přece nejednou stalo, ujišťoval se. Vždycky se přihodilo něco, co ho zavedlo správným směrem, a právě to byl důvod, proč ho na kriminálce považovali za jednoho z nejlepších vyšetřovatelů.

Vstal, aby vynesl kbelík se smetím, a vtom zaslechl, jak se žena něčemu směje. Odložil tedy kbelík zpátky a zamířil do ložnice.

„Podívej se na toho hlupáčka," říkala žena, utírala si oči a znovu se upřímně rozesmála. „To snad ani není pes, chová se jako nějaký klaun..."

Ležela zakutaná v posteli a štěně, které se nějak dostalo mezi cíchu a pokrývku, běhalo strašně rychle sem a tam a každou chvíli nadšením pištělo. Vidět sice nebylo, pod tenkým povlakem se zmítala jenom beztvará koule. Co objevilo, to věděl pámbu, bylo však zcela jasné, že tam nejspíš někomu vyhlásilo válku a teď se bez valného úspěchu pokouší dopadnout nepřítele, za kterého považuje hned záhyb cíchy, hned roh pokrývky. Občas se objevila jeho doširoka otevřená tlamička, celá rozzuřená, s nadšenýma očima. Zrovna teď, když opět vykouklo a uvidělo Gurka, rozdováděně na něj zaštěkalo a znovu zmizelo.

Petr Semjonovič pohlédl na ženu. Vypadala přesně jako to štěně, zářily jí oči, byla celá rozesmátá a každou chvíli ucukávala, když ji caplo svými ostrými zoubky.

„Líbí se ti?" zeptal se.

„Nikdy by mě nenapadlo, že pes může být tak legrační."

„A co karanténa?" popíchl ji Gurko, když si vzpomněl, jak pečlivě včera manželka toho „lumpa" koupala, jak přehnaně přísně mu zakazovala lézt na pohovku a na křesla a jak dlouho čistila podšívku jeho kabátu a věčně něco bručela o lišeji, svrabu a dalších záludných chorobách.

„Ale no jo," mávla rukou. „Převléknu postel... Ty dnes někam půjdeš?"

„Půjdu," přitakal, ačkoli se vlastně vůbec nechystal někam jít. „Do Institutu Serbského," dodal a sám byl překvapen svou odpovědí.

„Tak si běž," ochotně souhlasila a vylovila zpod cíchy zuřivě se bránící štěně. „My s Lumpíkem zůstaneme doma... Viď, Lumpíku?" Zvedla psíka a dala mu pusu na mokrý čumáček.

„Lumpík?" zeptal se pro jistotu Gurko.

„Lumpík," rozhodně odpověděla. „Jak bys mu chtěl říkat? Stejně bude pořád jen lumpačit."

...Ten divný nápad vydat se ještě jednou do institutu se zrodil zničehonic, avšak Gurko, který na svou vrtošivou intuici dal, se rozhodl poslechnout ji, tím spíš, když neměl chuť vysedávat doma.

„Náhoda je blbec..." říkal si pro sebe, když si oblékal čistou košili a zapínal si ji. „Možná bych se měl ještě jednou mrknout na toho Kovtuna... Možná bude dobré jen tak se poohlédnout, jak teď lidé chodí do práce... Ono kamínek ke kamínku... Kdopak mě zná a ví, po čem vlastně pasu?"

Stihl to před začátkem pracovní doby. Ukázal policistovi u vchodu svůj těžce prověřovaný průkaz a nenápadně si sedl na židli v koutku u zdi, vytáhl noviny a tvářil se, že si v nich nesmírně soustředěně čte.

Většina příchozích nevěnovala pozornost dědovi s novinami, který občas pohlédl na ospalé písařky, na ustarané lékaře a vážně se tvářící lidi v civilu, z nichž bylo možno na dálku poznat vojenské držení těla. V několika posledních Gurko poznal lidi z prokuratury, ti o nenápadného návštěvníka pohledem ani nezavadili, když ho míjeli.

Téměř poklusem kolem něj proběhl Konstaňjan a vášnivě se s někým o něčem dohadoval, za ním šlo ještě pár dalších lidí, se kterými Gurko mluvil včera, nevšímavě se kolem mihl na něco soustředěný Gurkův známý, který pomohl Irišce k místu v institutu a hned za ním se přehnala kolem skupina veselých laborantek.

Kovtun tudy stále ještě neprošel a Gurko nevěděl, co dál. Vyvedlo ho to z míry. Počkal, až se zaměstnanci rozejdou na svá pracoviště, pak vyšel nahoru, procházel se po chodbách, chvílemi otevřel nějaké dveře – co kdyby za nimi objevil něco výjimečného. Ale kdepak. Nezbývalo mu než odejít.

„Olegu Ivanoviči!" najednou zaslechl za zády ženský hlas, a když se ohlédl, uviděl, jak Kovtun kráčí rovnou k němu. Nejspíš právě přišel do práce. Měl na sobě krátký kožíšek, na hlavě čepici a nesl hnědou koženou aktovku.

Kovtun ho také uviděl a jemu připadlo, že se mu v očích objevilo trochu nejistoty. Za chůze kývl starému vyšetřovateli na pozdrav a viditelně zrychlil krok. Gurko ho sledoval pohledem.

„Olegu Ivanoviči!" zazněl znovu ženský hlas.

Kovtun se otočil a nuceně se usmál.

„To jste vy, Xenie Pavlovno?" strojeně se podivil. „Kde se tu berete?"

Gurko se ohlédl za hlasem a najednou se mu bláznivě rozbušilo srdce. Na okamžik mu připadlo, že po chodbě jde Iriška: stejně nakrátko sestřižené vlasy, stejně světle modré oči, štíhlá, křehká postavička a energická chůze.

Zíral na tu ženu s otevřenými ústy: prošla kolem a málem o něj zavadila šosem svého kožíšku. Provázela ji jemná vůně příjemného parfému.

Jistěže to nebyla Iriška. Mohlo jí být tak třicet pětatřicet, hlas měla hlubší, připadala mu jistější, také způsob, jakým mluvila, byl jiný – prostě všechno to bylo jiné.

„Nenapadlo by mě, že vás tu potkám," řekla, když přicházela ke Kovtunovi. „Co tu děláte?"

„Pracuju tady," rozhodil rukama Kovtun a zeširoka se na ženu usmíval. Krátce zašilhal po Gurkovi, který je dosud nespustil z očí.

Ten jako kdyby najednou zrozpačitěl a vykročil chodbou. Přesto se stále usilovně pokoušel zachytit aspoň jediné slovo z rozhovoru těch dvou. Protože však odcházeli na opačnou stranu, nic víc už nezaslechl.

Pomalu sešel po schodech a opustil budovu. Spěchal arbatskými uličkami a měl stále před očima tvář té ženy. Byla až příliš podobná Irišce a on se s tím nedokázal vyrovnat. Něco mu ale pořád vrtalo v hlavě a nenechávalo ho v klidu. Už mu něco říkalo, že právě to, kvůli čemu přišel dnes ráno do institutu, nedokázal dát do souvislosti s tím, co se stalo a co mu bránilo v posledních dnech v klidném spánku. Co ten Kovtun? Nic výjimečného na něm nebylo... A ta žena podobná Irišce? Je jí podobná... Prostě vypadá jako ona...

Najednou se prudce zastavil.

„Co blbneš?" zabručel mužský, který do Gurka narazil. „Nechals snad doma nevypnutou žehličku?" vyjel na něj.

Gurko se najednou celý rozzářil a s jistotou neznámému oznámil:

„To chce Táňu. Musím do archivu!"

Muž od Gurka couvl a zaťukal si prstem na čelo:

„Dneska chodí po ulici samí cvoci."

Kapitola 18

„To jste mi neřekl, že chodíte do Serbského institutu," logicky musela vytknout Kovtunovi Xenie, když se dostavil večer na další sezení. „Proč?"

„Nestihl jsem vám říct všechno," pokrčil rameny, když se usazoval na pohovku. „A musel jsem to udělat?"

„Ne, jistěže nemusel." Xenie cítila, že je podrážděná. „Říkal jste mi ale, že vaše práce nemá nic společného s psychiatrií ani s psychologií."

„To jsem vážně řekl?" podivil se.

„No, přímo ne. Ale dobře, nechme to být."

„Vy se zlobíte?"

„Nezlobím, kdybych ale tušila, že mám co dělat s profesionálem, všechno by mělo úplně jiný průběh. Měla jsem to vědět."

„Já ale žádný profesionál nejsem. Jsem právník a v institutu jsem prostě byl služebně."

Xenie na něj chvilku mlčky hleděla. Pak dodala:

„Dobře. Když služebně, tak služebně... Dáme se do toho?"

„Dáme." Posadil se pohodlněji a přivřel oči.

„Minule jsme se domluvili, že se pokusíte zaznamenávat si, co se vám zdálo," začala Xenie. „Podařilo se vám něco z toho?"

Kovtun otevřel oči a usmál se:

„Ne."

„Pokoušel jste se o to?"

„Nepokoušel. Je to marné, mně se nikdy nic nezdá."

„Spíš si to nepamatujete."

„I to je možné. Mně se ale ani v dětství nic nezdálo. Vždycky mi připadalo divné, když někdo v mé přítomnosti vyprávěl o svých snech."

„Divné?"

„Ano. Připadalo mi, že lidé, kteří o tom mluví, si to všechno vymýšlejí."

„Neposloucháte rád, když někdo mluví o sobě?"

„Jak kdy. V podstatě to ale rád nemám," zasmál se. „I když dnes už vím, že lidi nejraději ze všeho mluví o sobě."

„A pokud jde o sny? Teď, když jste dospělý, už jste si ověřil, že se lidem skutečně ve spánku něco zdá."

„To jistě. Je to přece způsob, jak si člověk může promluvit sám se sebou. Neumíte si představit, jak je fantastické, když vás nikdo neposlouchá, když jste sama sobě posluchačem i spolubesedníkem. Díváte se na film o sobě a nikoho jiného k tomu nepotřebujete. I když mě někdy napadá, jestli se lidé nedohodli, že budou navzájem klamat sami sebe i jeden druhého…"

„To je zajímavé, co říkáte. A vy také rád mluvíte o sobě?"

Oleg se zamyslel.

„Mám-li být upřímný," řekl po chvilce odmlčení, „tady s vámi mluvím o sobě vůbec poprvé."

„Poprvé za celý život?"

„Ano. Myslím si, že to je důvod, proč nemám žádné

přátele. Neposlouchám rád, když o sobě lidé mluví, a taky nemluvím rád sám o sobě. K čemu by to bylo?"

Kovtun mluvil plynule, v jeho slovech nebyla špetka trpkosti ani uraženosti. Bylo vidět, že si své myšlenky dobře promyslel a že si je pro sebe už probral ve svém vnitřním dialogu. Dokonce když začal mluvit o tom, že ho nikdo nepotřebuje, nezabředl jako jiní pacienti do sebelítosti, prostě ten fakt konstatoval a odmlčel se.

„A jak se díváte na to," opatrně se ho zeptala Xenie, „že jste se na mě obrátil? Nebylo to proto, že jste si chtěl promluvit o sobě?"

Vážně na ni pohlédl:

„Už jsem vám říkal, že mám problém. Že jde o čistě fyziologickou záležitost. Ten problém mě ale zneklidňuje. Dá se samozřejmě srovnat s tím, když člověka bolí zub, nebo ho trápí zánět nervů. Když organismus nefunguje jak má, pokouším se mu vyjít vstříc. Ověřil jsem si, že medicína sama na to nestačí, nezbývalo mi tedy než abych se obrátil na psychoanalytika. To je všechno."

„To znamená, že je vám přesto jasné, že klamete sám sebe, když nerad mluvíte o sobě?"

„To… nevím. Určitě to není nic, co by prospívalo zdraví. Vždyť mě to trápí! Fyzicky."

„Toužíte po sexuálním vztahu s konkrétními ženami?"

„Ano."

Xenie teď viděla, jak je soustředěný – ani na ni nepohlédl; vnímala energii, která z něj proudila, až si najednou uvědomila, kolik energie se v něm asi nahromadilo za léta nucené zdrženlivosti. Musela se přemoci, aby mohla pokračovat v tomhle tématu.

„Zvažte, co říkáte," řekla mu vlídně. „Na jedné straně tvrdíte, že jde čistě o fyzický problém. Na druhé straně jste se obrátil na psychologa, aby ten váš problém vyřešil."

Kovtun zvedl hlavu a pohlédl jí do očí.

„Je to tak," řekl jí. „Sám si protiřečím. Určitě máte pravdu: nejde o fyzický problém. Co ale mám dělat? Mám o sobě ženám vyprávět? Mám poslouchat jejich hloupé řeči jen proto, abych na konci vyprávění ležel na lopatkách?! To je přece nesmysl!"

„Je," souhlasila Xenie. „V případě, že smyslem toho je pouze sexuální styk, pak je to skutečně nesmysl."

„Takže se mnou souhlasíte?" zaradoval se. „Nemohu si přece kvůli tomu obracet duši naruby."

„A v jakém případě byste byl ochoten to udělat?"

„Co?"

„Obrátit si duši naruby."

Chvíli přemýšlel. Pak úkosem pohlédl na Xenii a tiše se zasmál:

„Kdybych našel tu jedinou, která mě bude chápat."

Xenie najednou pocítila nedostatek čerstvého vzduchu. Vstala, přistoupila k oknu a pootevřela je. Spolu s pouličním hlukem se dovnitř prodral studený vzduch.

„Proč jste to udělala?" zeptal se najednou ostře.

„Co jsem udělala?" podivila se Xenie.

„Proč jste otevřela to okno?"

„Je vám zima?" zeptala se s obavami. „To je jen na chvilku. Prostě mi připadalo, že je tu nedýchatelno."

„Není tu nedýchatelno víc než před pěti minutami." Kovtun mluvil téměř výhružně, Xenii jeho chování překvapilo a rychle zalhala:

„Jsem alergická na toaletní vodu." Vzápětí toho ale litovala, protože Oleg se přes zaťaté zuby zeptal:

„Na vůni mé toaletní vody?"

„Ale ne," už jí bylo jasné, že udělala chybu, a začala se ospravedlňovat. „V podstatě jde o jakoukoli intenzivní vůni…"

„To chápu."

Nedíval se na ni a Xenie přímo cítila agresivitu, která z něj čišela. Zavřela okno a vrátila se ke stolu.

„Nechtěla jsem se vás dotknout." Očekávala, že přijme její omluvu, ale pacient úporně mlčel.

Rty měl pevně sevřené, oči upřené k zemi.

Xenie rozladěná svým neúspěchem chvíli mlčela, než se pokusila o vysvětlení:

„Poslyšte, musíte pochopit, že mým cílem není vás urážet. Také ale nesmíte zapomínat, že se musíte kontrolovat. Vaše neadekvátní reakce…"

„A co vy?" přerušil ji a díval se na ni viditelně nepřátelsky. „Vy se nemusíte kontrolovat?"

Xenie upadla do rozpaků.

„Přece se pouze společně snažíme něco objasnit. Já jenom odhaluji…"

Kovtun prudce vstal. Xenie najednou z jeho tváře vyčetla utrpení a pochopila, že mu způsobila skutečnou bolest.

„Tak dobře," řekla a také vstala. „Nechme toho."

Mlčky kývl, oblékl se a zamířil ke dveřím.

„Pochopte," řekla mu na odchodnou a on se zastavil, aniž se otočil. „Pochopte, že nehledáme černou kočku v tmavé místnosti…"

Teď se otočil a dlouho se na ni díval. Xenie nasadila ve tváři ten nejlaskavější výraz, jakého byla schopna. Jeho chladný pohled se však nezměnil; Kovtun se otočil a vyšel z ordinace.

Kapitola 19

Šanin otevřel okamžitě, jako kdyby čekal v předsíni.

„Pojď dál," řekl a Gurko vstoupil do zšeřelého bytu. V ruce držel láhev koňaku.

„Všecko nejlepší do nového roku," popřál

„No jo," zavrčel Šanin a pomáhal příteli z kabátu. „Já tomu tvému novoročnímu přání rozumím. Nový rok už máme za sebou, nezačal zrovna nejlépe. To je let, co jsme se neviděli. Nebo jsi přišel služebně?"

„Jedno přece nevylučuje druhé," namítl vlídně Gurko, když kráčel za domácím pánem do pokoje. „Piješ, doufám?"

„Jak jinak? Kdyby jeden nepil, určitě by se z téhle práce zbláznil."

„To máš pravdu."

Šanin přinesl z kuchyně skleničky a talířek s nakrájeným sýrem.

„Žena odjela už třicátého k vnukovi," vysvětloval, „takže tu je pěkný binec."

„Tos tu vysedával o svátcích sám?"

„Jaképak vysedával, měl jsem službu."

Vypili skleničku a mlčeli. Šanin si zapálil.

„Kolik máš do důchodu?" zeptal se Gurko.

„Půl roku." Šanin byl o deset let mladší než Gurko. „Ani nevím, jestli se mi do penze chce. Na jedné straně jsem unavený, na straně druhé…" Pohlédl na Gurka. „Doufám, žes nepřišel kvůli tomu nevyřešenému případu." Povzdechl si. „Toho jejího kluka pustili. I když nemá alibi, žádné přímé důkazy neměli. Teď je všechno podle řádu. Demokracie! Presumpce neviny…"

„To je dobře…" řekl Gurko a zamyšleně otáčel skleničkou. „To je moc dobře."

„Co je dobře?" nechápal Šanin.

„Že toho kluka pustili."

„Ty seš hned se vším hotov. Víš, kolik takových hajzlů kvůli nepřímým důkazům proklouzlo? Běhají si na svobodě a vychvalují demokracii. Za sovětů by s nimi zatočili…"

Šanin si nalil, a když skleničku vypil, přičichl ke kousku sýra.

„Ty si snad vážně myslíš, že ten kluk je vrah?" tiše se zeptal Gurko.

Šanin zvedl hlavu a chystal se říct něco ostrého, ale pak jako by si to rozmyslel a mávl jen rukou.

„Má to rub a líc," nahrál mu Gurko. „Řekni prostě, že shora je tlak celé to co nejdřív uzavřít. Já to pochopím."

Šanin dál mlčel a zapálil si novou cigaretu.

„K vraždě musí být nějaký motiv," pokračoval Gurko.

„Ty sám si přece myslíš, že jde o maniaka," jízlivě řekl Šanin. „Jaký motiv potřebuje maniak?"

„Každý musí mít nějaký motiv. Ty máš taky motiv – chceš se co nejdřív zbavit nevyřešeného případu. I já mám motiv. A ten maniakův motiv se ukrývá někde v minulosti."

Šanin najednou praštil pěstí do stolu tak silně, že skleničky vystrašeně poskočily a zazvonily.

„Já na tu vaši psychologii nevěřím!" vykřikl. „Rozumíš? Nevěřím!" Pak se odmlčel a už klidněji dodal: „A nechápu, jak ty, který jsi tolik let strávil u téhle zatracené práce, na něco takového věříš. Tyhle lidi se už narodí jako zrůdy. Spoustu jich mělo tátu syčáka a matku lehkou holku. Z každého se ale nestane vrah."

„Byl ses podívat v archivu?" najednou se zeptal Gurko.

„To víš, že byl," zavrčel Šanin. „Víš, kolik podobných případů tam je?"

„Vím. S tímhle rukopisem tam jsou ale jen čtyři."

„Za kolik let?"

„Za dvacet."

Šanin se sarkasticky rozesmál.

„Ty jsi vážně magor. Čtyři vraždy za posledních dvacet let, které si jsou podobné! To je k smíchu! Tos tedy našel hodně trpělivého maniaka." Znovu se zachechtal, tentokrát upřímně. „To by se dalo skoro říct, že je to normální člověk. Já bych za dvacet let dokázal oddělat víc lidí." Šanin se vážně zamyslel. „No, dvě báby bych tedy určitě oddělal…" Když viděl až nadmíru vážný Gurkův pohled, zarazil se. „Nezlob se…"

„To nic. Tys přece nezabíjel," namítl Gurko a stále se na něj díval. „Zabíjel on."

„Kde bereš tu jistotu, že je všechny zabil jeden člověk? Všichni lidi si přece jsou podobní. A maniaci jakbysmet."

Gurko zavrtěl hlavou.

„Je tady příliš mnoho shod."

„Povídej jakých."

„Kromě samotného způsobu, jak byly ty vraždy

spáchány, měly všechny oběti něco společného s psychologií nebo psychiatrií."

„Všechny?"

„No, všechny ne." Gurko se chvilku odmlčel a pak dokončil myšlenku: „Byly si podobné na pohled. Nejde zkrátka jen o stejné typy lidí. Byly si podobné asi tak, jako kdyby to byly sestry."

„Vážně?" podivil se Šanin.

Gurko přikývl:

„Prověřil jsem si to."

Šanin se zamyslel.

„Nech to být," mávl po chvíli rukou. „To se přece nestává. Tolik lidí naprosto stejného typu není."

„No právě. Proto je ten maniak tak trpělivý. Všechny ty oběti mu někoho připomínají. Někoho, koho v nich po celý ten čas vraždí."

Gurko si vzal z talíře kousek sýra, začal ho žmoulat v prstech a přemýšlel. Šanin ho se zájmem pozoroval.

„Ty seš zvláštní člověk, Gurko," řekl a naléval koňak do skleniček. „To mi řekni, jak tě napadlo ověřit si, jestli si jsou ty oběti podobné, a proč to nenapadlo mě?"

Gurko pokrčil rameny.

„Intuice," odpověděl prostě.

„Seš skromný člověk, hochu, co ti mám povídat…"

Gurko ještě jednou pokrčil rameny, tentokrát však neřekl nic.

„Já vím, já vím," mávl rukou Šanin. „O té tvé intuici jsem se toho už naposlouchal… Radši se napijem."

Přiťukli si.

„To já žádnou intuici nemám," oznámil Šanin a přičichl si ke kousku sýra. „Ani ždibec. A taky bez ní nějak žiju…" Dal si sýr do úst a s vervou začal žvýkat. Pak se naklonil přes stůl. „Hele, Semjonyči, vysvětli mi jako obyčejnýmu troubovi, co to vlastně ta tvoje intuice je? Jak se projevuje? Je to nějaký záření? Nebo ti něco našeptává do ucha sám pámbu?"

Gurko mlčel a soustředěně si prohlížel své prsty.

„No tak se neurážej," pokračoval Šanin. „Mě to fakticky zajímá. Říkám ti to proto, že ti závidím… Jak to vlastně probíhá? To je, jako když tě po hlavě praští blesk?"

„Ale ne," Gurko zvedl na kolegu oči. „Kdepak blesk. Je to takový základ."

„Cože je to?"

„Základ, od toho se pak odvíjí dočista všechno, chápeš? Všechno má svůj základ, toho si musíš umět všimnout. Když těkáš od jedné věci k druhé, nevidíš nic. Pak stačí jediná chvilka a prohlédneš."

„Co prohlédnu?"

„Přece to, co je na tom základě navěšené. Jediné, co musíš, je poznat ho. Pravda je, že se to vždycky nepodaří."

„Jo takhle je to…" Šanin s úctou pohlédl na svého hosta. Odmlčel se a pak dodal: „To si člověk takhle vedle někoho žije a ví o něm úplný houby."

„Co to povídáš?"

„Mluvím o tobě. Člověk na tebe kouká a co vidí – chlapa jako spousty jiných. Ale kdepak chlapa, dědka! Pak tě chvíli člověk poslouchá a zjistí, že mluví s někým z jiný planety."

Gurko se rozesmál.

„Jen se směj, no směj se!" urazil se kdovíproč Šanin. „Já se tím stejně řídit nebudu. Schází mi ten tvůj základ. A nemám už ani sílu, jakou jsem míval. Tak je to nevyřešený případ, no a co? Já to chci doklepat akorát do penze…." Rozzlobeně pohlédl na Gurka. „Jenom mi neříkej, že ten maniak je na svobodě a bude zas vraždit!"

„Ale já ti přece nic takového neříkám," povzdechl si Gurko a zvedal se k odchodu. „Proč taky?"

Vyšel do předsíně a začal si oblékat kabát. Šanin stál vedle něj.

„Počítat s tebou tedy nemám?" přeptal se Gurko, když si nasazoval čepici.

„Ty ses prostě rozhodl, že tu svini dostaneš sám?" rozčílil se Šanin.

Gurko na něj vyčítavě pohlédl a mlčky zamířil ke dveřím.

„Tak co pro to můžu udělat?" zavolal za ním. „Mám ti poslat lidi, kdybys náhodou…"

Kapitola 20

Xenie si s otcem nikdy moc nerozuměla. Byl to člověk náročný na sebe i na druhé, svou dceru vídal jenom tehdy, když dosáhla nějakého úspěchu. Ani teď si Xenie nebyla docela jistá, jestli ho měla jako dítě vůbec ráda. Určitě ale ano, dělala všechno, aby na sebe upoutala jeho pozornost. Obsazovala první místa ve školních a dokonce i v městských matematických olympiádách, v angličtině a šachu (otec hrával šachy rád, takže to byla příležitost, kdy si s ním popovídat), hrála ráda tenis a po nějakou dobu dokonce chodila do sportovního klubu šermovat. Byla jednou z nejlepších žaček školy, které dělala čest. Otec byl s dceřinými úspěchy spokojen, proto také nijak neskrýval svůj názor, že jinak tomu přece ani nemůže být: jeho dcera prostě musela jít v jeho stopách. Chválil ji, dostávala od něj dost peněz na nové tenisové rakety, fotoaparát a tak dále, což jí pomáhalo pokořit další metu, avšak tím jejich vztahy v podstatě končily. Ať se Xenie snažila sebevíc, nikdy v životě s ní nepromluvil jako s člověkem, kterého si váží, nepohladil ji. Dokonce ji ani nehuboval za prohřešky, kterých se dopouštěla jako každé dítě, třebaže se snažila žádnou chybu neudělat. V takových případech si jí prostě nevšímal a Xenie celou svou dětskou bytostí cítila, jak ji přehlíží.

Dnes byla Xenie přesvědčena, že vše, čeho v životě dosáhla, bylo výsledkem úporné snahy být dobrou dcerou, a jestli tomu tak bylo, pak nemá otci co vyčítat. Přesto se její vztah k němu výrazně změnil. Když dospěla, už mu neříkala o svých úspěších a on to snad dokonce uvítal, protože se zbavil neodbytné dcery. Za nějaký čas spolu vůbec přestali komunikovat. V těch výjimečných dnech, kdy Xenie navštěvovala rodiče, si povídala většinou jen s matkou, kterou zajímaly dvě věci: dceřino zdraví a její soukromý život.

Otec byl svého času významným nomenklaturním kádrem v odborech, a když předčasně odešel do důchodu (v důsledku nejrůznějších perestrojkových zemětřesení), přišel nejen o něco, čím se zabýval celý život, ale i o moc, což pro něj bylo, jak se Xenie domnívala, podstatně horší. Vykrystalizovalo to v náročnou zkoušku jeho charakteru. Ani předtím se moc o rodinu nestaral a žil v přesvědčení, že tu je výhradně pro jeho pohodlí. Teď ho rodina prostě rozčilovala, a zvláště pak dcera, zosobňovala to nejnovější pokolení, které ho odstavilo na vedlejší kolej. Občas se o ní vyjadřoval jízlivě a Xenie už k němu s výjimkou odporu nic jiného necítila. Samozřejmě že zůstal pocit povinnosti: když otec onemocněl (což se mu v poslední době stávalo čím dál častěji), dcera nechala i práce, běhala po Moskvě, sháněla doktory a léky a platila všechny náklady spojené s jeho léčením.

Matka jí zavolala až skoro navečer, právě když se rozloučila s posledním pacientem a chystala se domů.

„Ksjušo," řekla do telefonu a Xenie už z jejího hlasu poznala, že s otcem je to zlé.

„Táta..?" zeptala se.

„Ano, zase mu není dobře, strašně mu vyletěl tlak... Odvezli ho do Kuncovky..."

Bývalá nemocnice pro nomenklaturní kádry si své postavení zachovala, někteří pacienti si ji ale museli platit. Ročně Xenie zaplatila značné sumy především proto, aby v takových situacích otce neodvezli do nějaké podřadné nemocnice. Kuncovka byla považována tradičně za nejlepší, lékaři, vybavení, péče o nemocné tu vždycky byli na vysoké úrovni. Proto také bylo možné vyřídit vše jediným telefonátem a cestu za otcem odložit na zítřek, Xenie však i v tomhle případě zůstala u své zásady všechno kontrolovat a vydala se tam hned, nehledě na nastávající brzkou zimní tmu.

Před osmou dopravní špička vrcholila a Xeniin golf nedočkavě pobroukával při každém zastavení; ona sama netrpělivě poklepávala prsty na měkký kožený potah volantu a soustředěně sledovala cestu před sebou.

Konečně se jí podařilo uniknout ze zácpy, když na Kutuzovově prospektu zabočila do tmavé úzké Vějířové uličky a po několika minutách, kdy s vděčností ocenila obutí auta s protiskluzovými hřeby, dorazila téměř po úplné ledovce k vjezdu do nemocnice. Postavila auto na parkoviště, vystoupila svižně, při odchodu pípla, když zamykala auto, a rychlým krokem vyrazila po vylidněné osvětlené cestě k hlavní budově, schované pod lešením jako pod pancířem.

Hlavní vchod byl uzavřen a Xenii klouzaly střevíce po zledovatělé cestě, trvalo jí dlouho, než obešla rozlehlou budovu při hledání vedlejšího vchodu, až se dostala k jasně osvětlenému krytému vchodu s tabulí Příjem pacientů. Rychle se informovala, kde leží její otec, vyjela nahoru prostorným výtahem se spoustou zrcadel, tiše prošla opuštěnou chodbou pokrytou kobercem a ocitla se před dveřmi otcova nemocničního pokoje.

Chvilku před nimi zůstala stát, nedokázala se odhodlat, aby okamžitě vstoupila, tvářila se trpitelsky, nakonec si upravila vlasy, urovnala blůzku, napřímila se a strčila do dveří.

Otec ležel toporně natažený pod pokrývkou, levou ruku měl položenu na ní a k ohybu v lokti měl přesným čtverečkem náplasti přilepenu průhlednou hadičku s kapačkou. V šeru Xenii napadlo, že otec spí, když ale přišla blíž, viděla, že se na ni dívá přísným pohledem.

„Ahoj, táto," řekla a zastavila se pár kroků před postelí.

Neodpověděl, jen se na ni pořád díval. Xenie si povzdechla a usedla na židli stojící poblíž.

„Bolí tě něco?" zeptala se a hned ji ta otázka zamrzela.

Zlostně ji sjel pohledem a odsekl:

„Co by mě asi mělo bolet?!"

Xenie se na něj trpělivě dívala. Najednou se jízlivě usmál a dodal:

„Ale že si to tu komunisti zařídili! No, co tomu říkáš?"

Politika bylo jediné, o čem byl ochoten se bavit, ovšem právě tím svým pověstným tónem. Xenie si unaveně povzdechla a zeptala se:

„Jako jak to tu zařídili?"

„Jak – jak?!" rozčílil se a dokonce se pokusil zvednout na lokti levé ruky, okamžitě však pokřivil tvář bolestí a znovu si lehl. „Prostě si to tu zařídili! Od začátku do konce!"

„Já ti rozumím," řekla Xenie, aby vůbec něco řekla.

„Čemu prosím tě rozumíš?!" Ani se nepohnul, když teď mluvil, zato jeho hlas zněl útočně. „Čemu ty můžeš rozumět? Celou zemi rozvrátili, pakáž jedna… Takovou velmoc nechali padnout! Kam se to všechno podělo? Kde je ten vojenský a průmyslový gigant? A co naše mezinárodní reputace?"

Řečnil a Xenie ho pozorovala a vzpomínala, jak moudrý a veliký jí připadal, když byla dítě. I teď jeho mocný baryton zněl navzdory nemoci panovačně; oči mu svítily jako zamlada, přesto však byl politováníhodný. Tenhle vzteky prskající, starý bezzubý člověk, už v tomhle životě nic neznamenal. Dokonce zavřela oči, aby otce takhle neviděla, a otevřela je, až když do pokoje vstoupila přísná a upjatá sestra.

„Pavle Grigorjeviči," přerušila otcovy výlevy tónem, který nepřipouštěl žádné námitky, a otec okamžitě zmlkl. „Pro dnešek už toho bylo dost." Pak se otočila na Xenii. „Váš otec se nesmí rozčilovat."

„Ano, jistě," přitakala a vyskočila ze židle. „Já jsem už na odchodu. Tati, tak zatím."

Nepodíval se na ni, paličatě vysunul bradu a díval se do stropu. Xenie ještě chvilku postála, pak si znovu povzdechla a chystala se odejít, když si všimla, že pohnul levou rukou s kapačkou, aby jí pokynul na rozloučenou.

Pozdravila ještě sestru, která něco upravovala na otcově posteli, a vyšla z pokoje, cítila na prsou tíživou bolest. Pomalu došla chodbou k výtahu, sjela dolů, v opuštěné šatně si vyzvedla kožíšek, a jakmile vyšla na čerstvý vzduch, pocítila obrovskou úlevu. Chvíli zůstala stát u vchodu, zhluboka vdechovala mrazivý vzduch, pak pohodila hlavou a zamířila podél budovy k parkovišti.

Aby jí to tolik neklouzalo, šla víc napravo od cesty skoro úplně podél zdi a dávala pozor, aby se neotřela o lešení zmazaného bílou omítkou. V parku ani teď nebylo živáčka, žlutá světla luceren se stáčela na levou stranu. Xenie bezděčně přidala do kroku...

Teprve později, když přemýšlela o tom, co se stalo, vzpomněla si, že zaslechla nějaký zvuk shora z lešení; v té chvíli netušila, co se děje, ale její tělo na ten zvuk zareagovalo instinktivně: uskočila doprava pod ochrannou stříšku, a na místo, kde ještě před okamžikem stála, hlučně dopadly zednické necky. Nějakou chvíli na ně tupě koukala. Stále jí ještě nedocházelo, co se vlastně stalo, vyšla zpod stříšky a pohlédla nahoru. Teprve když se na svítícím okně mihl něčí stín, zmocnil se jí strach. Prudce se otočila a zadýchaná hrůzou, jež se jí zmocnila, rozběhla se zpátky tam, kde na jasně osvětleném náměstíčku stála auta první pomoci, připravená k výjezdu...

„Povídám ti, že tam někdo byl!" rozčileně křičela doma na muže o hodinu později, když roztřesenýma rukama dlouho nemohla zasunout klíč do zámku u dveří. „Zřetelně jsem viděla jeho stín! Někdo tam byl a chtěl mě těmi zatracenými neckami oddělat!"

„Počkej," Sergej odešel k baru, vytáhl láhev vodky a nalil půlku sklenice. „Vypij to."

Xenie souhlasně přikývla, vzala sklenici a vypila ji, aniž by pocítila pálivou chuť alkoholu. Sergej ji pohladil po vlasech.

„A teď povídej," požádal ji.

„Co ti mám povídat?!" Konečně si sundala kožíšek, obutá zamířila do pokoje a padla do křesla. „Schválně jsem šla až kolem toho lešení, kde to tak neklouzalo. Najednou něco zaslechnu..."

„Co?"
„Já nevím, co to bylo! Prostě nějaký zvuk. Netušila jsem vůbec, co to může být, a uskočila jsem pod stříšku... Mám dojem, že jsem dokonce uklouzla nebo co... A ono to najednou žuchne na led!"

„Ty necky?"

„Ty necky. Takové, jaké používají malíři nebo zedníci, zavěšují je na lana. Byly pěkně velké."

„A dál?"

„Vyšla jsem zpod té stříšky a podívala se nahoru. A vtom jsem ho viděla."

„Koho?"

„Já nevím, kdo to byl!" Znovu se začala rozčilovat. „To mě vyslýcháš nebo co? Řekla jsem ti už všecko! Copak to nechápeš?"

„Nezlob se, ale nechápu." Sergej si před ni sedl na bobek a pozorně se jí zadíval do očí. „Nechápu, proč by tě někdo chtěl zabít. Proč nepřipustíš, že někdo ty necky na maltu shodil náhodou?"

„Náhodou? Vždyť to bylo skoro v noci. Všichni dělníci už dávno odešli."

„Tak za prvé bylo devět večer, to ještě není žádná noc. Za druhé se tam prostě mohl ocitnout náhodný člověk... třeba zloděj nebo nějaký zamilovaný muž, kterého nepustili za ženou, nebo pámbu ví, proč tam kdo lezl... Jak jsi přišla na to, že si někdo usmyslel tě zabít? To mi prosím tě vysvětli!"

„T-to já n-netuším..." Teprve teď se Xenie uklidnila. „Nevím... Nevím, proč jsem si tím byla tak jistá..."

„Ksjuňo..." Sergej vzal její obličej do dlaní. „Já tě v poslední době nepoznávám. Holčičko, jsi přece psychoanalytik – tys na to zapomněla?" Tichounce se zasmál. „Hezky mi pověz, co jsi v poslední době spáchala natolik hrozného, že tak jistě víš, že tě musí stihnout trest?"

Xenie se na něj chvíli dívala s našpulenými rty.

„Jsem psychoterapeut na baterky!" usykla nakonec. Potom ho odstrčila a začala si rozepínat boty.

„Ne, vážně," naléhal na ni. „Co se to s tebou děje? Nepotřebovala by sis třeba trochu odpočinout?"

„O tom, kdy mám odpočívat a kdy ne, si rozhodnu sama," vzepřela se už klidněji. A když byla hotova se zouváním, odešla bosa do předsíně. „Půjdu si lehnout."

Kapitola 21

„…Včera, když jsem znovu dostala ten strach… Nedokázala jsem se přinutit, abych na tu šňůru sáhla, a přitom jsem ji musela samozřejmě vytáhnout ze zásuvky, z té lampy létaly jiskry a všechno mohlo chytit. A já tam stojím jak slepice, tedy před tou lampou, koukám na tu šňůru, syn brečí, protože je vystrašený… A já, já nedokážu nic udělat. Přemlouvám se, nadávám si, pořád nic. Až najednou… Najednou mě napadlo něco zvláštního. Víte, Xenie Pavlovno, jako kdyby ta myšlenka ke mně odněkud přiletěla, dokonce mi připadalo, že slyším hlas… Ne, to by bylo moc. Žádný hlas jsem samozřejmě neslyšela, ale jako kdyby ke mně přiletěla myšlenka, jako kdyby ani nebyla moje… Mě by něco takového ani nemohlo napadnout… Najednou jsem si řekla: ty se nebojíš té pitomé šňůry, ty se vůbec nebojíš hadů. Ty se bojíš něčeho, co máš v sobě. Připadá ti, že máš v sobě něco hrozného a pokaždé se bojíš, že to vyplave napovrch… Říkám to srozumitelně?"

„Ano, ano. Já vás poslouchám."

„A víte co?" Kátě se leskly oči, byla silně rozrušená. „Víte co se stalo? Jakmile jsem si to řekla, strach byl pryč! Chápete to?! Strach byl dočista pryč! Klidně jsem natáhla ruku a tu šňůru jsem ze zásuvky vytáhla."

Vítězoslavně jí svítily oči a Xenie se začala usmívat.

„A pak jsem si vymyslela takovou věcičku," pokračovala Káťa povzbuzená Xeniným úsměvem. „Přišla jsem na to, že všechno, čeho se bojíme, je skryto uvnitř nás. Tak!" Pohlédla na Xenii a čekala, že ji podpoří. „Je to tak?"

„Já si nemyslím, že všechno je tak jednoduché, ale běh vašich myšlenek se mi líbí."

„Opravdu?" Káťa na pohovce málem vyskočila.

„Káťo," trpělivě začala Xenie, „děláte opravdové pokroky, chtěla bych vám však připomenout, že…"

„Já vím, já vím," přerušila ji pacientka. „Celou tu dobu se snažím vyjít vám vstříc, vždyť nebýt vás, nemohla bych dosáhnout takových výsledků!"

„Občas mívám dojem, že byste to dokázala," zabrumlala Xenie a nenápadně se podívala na hodinky.

Ve skutečnosti byla nervózní. Zjištění, ke kterému došla její pacientka, Káťu natolik ohromilo, že nedokázala umlknout, i když už čas určený pro sezení skončil. Xenie připravovala jednotlivá sezení tak, že každé skončilo v určenou dobu a zcela přirozeným způsobem. Dnes by však bylo skutečně velkým profesionálním prohřeškem, kdyby pacientku zarazila. K takovým zjištěním nedochází každý den, pro ni je to skutečně ohromující, je to první vítězství nad sebou, nad strachy z dětství – a Xenie zcela záměrně nechala Káťu domluvit až do konce. V takových případech analytik nemá právo sezení přerušovat, i když to znamená obětovat čas.

Problém však spočíval v tom, že Xenie neobětovala

jenom svůj čas. Už před dvaceti minutami mělo začít sezení s Olegem. Přicházel vždycky o deset patnáct minut dřív a přesně v šest hodin nahlédl do ordinace; dnes byl nepříjemně překvapen, když tam zastihl jinou pacientku. I když se Xenie snažila zařídit vše tak, aby pacienti nechodili bezprostředně jeden za druhým, občas jí to nevycházelo. To se stalo dnes: Káťa, rozrušená svým včerejším úspěchem, požádala Xenii o mimořádné sezení, a ona ji prostě nemohla odmítnout.

Znala Olegův postoj ke všem zpožděním, proto teď seděla jako na jehlách, dokázala si představit, jak vysedává v čekárně a nespouští naštvané oči ze dveří ordinace. Jakkoli si sama zakládala na přesnosti, občas mohlo k něčemu podobnému jako teď dojít, a tak nervózně myslela na to, jakou konkrétní reakci tohle zdržení u Olega vyvolá.

Konečně se s Káťou domluvila na příštím setkání, doprovodila ji ke dveřím, nahlédla do chodby, aby Olega pozvala dál. Na chodbě ale nikdo nebyl. Předpokládala, že mu došla trpělivost čekat za dveřmi a prostě si někam odskočil, možná na toaletu nebo se jednoduše rozhodl, že se projde po poliklinice. Vrátila se do ordinace, usedla ke stolu a v pohodě se věnovala papírování.

Při opětovném pohledu na hodinky zjistila, že uplynula další půlhodina. To ji znepokojilo. Ve skutečnosti na tom nic tak hrozného nebylo, pacient se prostě urazil a odešel, jenomže Xenie se v tom okamžiku zmocnila skutečná panika. Měla dojem, že se dopustila nenapravitelné chyby, možné té největší ve svém životě.

„Tak se uklidni," řekla si nahlas, aby se ovládla

a pokusila se vyrovnat se vzniklou situací. „Napřed se musíš vyznat sama v sobě, pak teprve můžeš rozumět pacientům..."

Tohle byl ovšem náročný experiment. Na jedné straně až příliš dobře věděla, že Olegův nesmlouvavý názor na nedodržování dohodnutých termínů je vážný problém, a neměla právo zkoušet jeho trpělivost. Na druhé straně se skutečně ocitla v bezvýchodné situaci. Kromě toho, proč si to zapírat, chtěla u něho pohnout s terapií z mrtvého bodu. Sezení probíhala příliš hladce, zcela podle pravidel a dokonce až příliš uvolněně, než aby bylo možno očekávat nějaké výsledky. Oleg pro ni zůstal uzavřený nehledě na zdánlivou připravenost k práci s analytikem. Všechno, co se o něm doposud dozvídala, se vztahovalo k jeho vědomému životu. Nedovolil jí, aby pronikla do jeho podvědomí. Počínal si přitom nesmírně obratně – neustále měnil obrannou taktiku, takže Xenie nevěděla, jak se mu dostat pod kůži. Jen jednou se přestal ovládat – to bylo na posledním sezení, kdy nečekaně prudce zareagoval na její přání otevřít okno...

Najednou si uvědomila, že vůni jeho kolínské vnímala od samotného začátku jejich sezení. Byla to vůně pronikavá, která přebila všechno ostatní a zůstávala v ordinaci dlouho po jeho odchodu. I když to byla vůně velice příjemná, napadlo ji, že člověk jeho postavení toho až zneužívá. Znamená to, že tomu věnuje příliš mnoho pozornosti, že v jeho osobní nebo tělesné vůni je něco, co Olegovi nevyhovuje. Nebo že se mu v minulosti stalo něco, co ho donutilo trvale pochybovat o přitažlivosti vlastního pachu...

Tak dost, dost! řekla si v duchu. Moc utíkáš od problému, holčičko. Tvůj problém je, proč tě jeho útěk vyvedl z míry? Proč se tě najednou zmocnila panika? To znamená, milánku, že sis k němu vytvořila příliš osobní vztah. Samozřejmě je neodpustitelné, že sis to neuvědomila hned. Nebo že sis to spíš nechtěla uvědomit... Mnohem horší ale je, že si hraješ na schovávanou sama se sebou. Odpověz si bez vytáček: proč ho vnímáš tak výrazně osobně, že začínáš panikařit?

Vstala a přistoupila k oknu, za nímž se plazilo šedivé zimní šero. Silný mráz vyhnal z Arbatu všechny umělce nabízející svá díla, takže ulice teď vypadala nezvykle opuštěná, jenom občas se tu objevila postava choulící se do límce, pobíhající po zledovatělém chodníku od jednoho krámu ke druhému. Xenie se odvrátila od okna a nahlas řekla:

„Odpověď je jasná: chtěla jsem ho vidět."

A znovu se jí zmocnila panika. Kdy vlastně začala ztrácet kontrolu nad situací?

Tak dobře, uklidňovala se. Zopakuj si trochu teorii. Kdy a v jakých případech začne být analytik závislý na pacientovi? První, co člověka napadne, je nevhodné vlastní chování. Pak je to pocit viny. Dál to jsou sympatie založené na pocitu viny, zamilování a tak dále... No – k zamilování doufám nedošlo. Je to samozřejmě zajímavý pacient, já jsem ale profesionálka, měla jsem už pacienty těžšího kalibru a taky jsem je ustála... Stop! Ta vůně! To byla chvíle, kdy jsem udělala chybu. Nezabývala jsem se otázkou, co ho s kolínskou tak spojuje, celou dobu mě to deptalo. Na posledním sezení se mi to vymstilo. Výsledkem bylo poslední sezení. Otevřela jsem okno a řekla něco o pronikavé vůni a on byl okamžitě agresivní. A já husa hloupá nepochopila, o co jde, jenom jsem si uvědomila, že jsem udělala chybu, a začala jsem ho litovat. A to je všechno...

Všechno to však nebylo. Zbývalo ještě několik nezodpovězených otázek, před kterými by nejraději utekla. Proč se nepokusila hned přijít na kloub tomu, co tou vůní sleduje? Proč vůbec souhlasila s tím, že se jím bude zabývat, ačkoli si to nepřála?

Strašně se do toho zapletla – vtom si najednou vzpomněla, co se jí přihodilo v Kuncevu, když byla v nemocnici za otcem. Vybavila si zledovatělou cestu, hluk a stín člověka na lešení. K tomu všemu došlo právě po tom sezení...

Začalo jí být nevolno, s námahou došla k pohovce a ztěžka na ni dopadla. Běžným profesionálním zjištěním došla k závěru, že má zrychlený tep a že jí na čele vystoupil studený pot. Ta utkvělá myšlenka či předtucha, které se jí po včerejšku usadily v hlavě, ji utápěly ve vlnách strachu. Xenie se cítila ztracená a chvíli bezmocně ležela na pohovce a na nic nemyslela.

Když nával strachu pominul, opatrně vstala, přistoupila ke stolu, odsunula křeslo, sedla si, hledala potřebné telefonní číslo a zvedla sluchátko.

Volala Iljovi Monastyrskému. Byl to jediný člověk, na kterého se mohla obrátit, aby jí poradil. Byl střízlivý a nevlídný. Když Xenii vyslechl, dlouho funěl do sluchátka, než řekl:

„Nejspíš ses dostala do pěkné bryndy, zlatíčko. Nechci tě strašit, ale možná bys ho měla poslat ke mně... Můžeš mu říct něco... jako že potřebuje analytika chlapa..."

„O tom nemůže být ani řeč," pohodila hlavou Xenie, která se během své zpovědi trochu vzpamatovala. „Chceš tím říct, že se mi to vymklo z rukou?"

„A co si o tom myslíš ty?"

Xenie mlčela.

„Řekla bych," odpověděla konečně, „že mám ještě šanci. Nemůžu přece jen tak z ničeho nic poslat pacienta jinam a tím si podepsat svou profesní neschopnost."

„Nech toho," přerušil ji Monastyrskij a v hlase mu zazněl nesouhlas. „Nech už takových nesmyslů a zvaž, v čím zájmu je, abys pokračovala v té terapii – jestli je to ve tvém profesionálním zájmu, nebo v zájmu toho pacienta."

„V zájmu pacienta," nejistě namítla Xenie. „Myslím si, že mému pacientovi neprospěje výměna analytika v téhle situaci…"

„To si jen nalháváš," klidně prohlásil Monastyrskij. „Lžeš sama sobě a ke všemu to děláš zcela bezostyšně."

„Chceš tím říct," Xeniin hlas teď zněl důrazněji, „že nedokážu zvládnout sama sebe?! Jen tak mimochodem, já jsem profesionál s rozsáhlou praxí, mám značné zkušenosti a ty… ty… ty si mi dovolíš říct, že se sama v sobě nevyznám?!"

„Jo, zrovna to chci říct. Ksjucho, holka moje, nejsi přece pámbu, jsi jen člověk, i když člověk vzdělaný. A pak, přenechat pacienta jinému analytikovi ještě neznamená…"

Xenie byla nažhavená doruda a přerušila ho:

„Děkuju ti, Iljo." V jejím hlase zřetelně zazněly tvrdé tóny. „Děkuju. Strašně jsi mi pomohl."

Nedokázala se ovládnout a praštila sluchátkem, až se odrazilo, spadlo ze stolu a zůstalo viset na drátě.

Kapitola 22

Nejhorší je čekání. Vysedávat napjatě v ztemnělé místnosti, bát se každého zvuku v bytě, nemít sílu zvednout se ze židle a rozsvítit... Čekání je nekonečné. Stejně nekonečné, jako je nebe v noci. A stejně beznadějné. Proč ho opustila? Proč už ho nemá ráda? Co udělal špatně, že ji přestal zajímat? Jak by se dalo všechno změnit, aby se k němu vrátila?

Mrňavý kluk sedí na židli v potemnělé místnosti plné dětských strašáků...

A třeba už není zase tak malý, vždyť mu přece neustále říká, že je velký, skoro dospělý... Kdy to všechno začalo? Docela nedávno a zároveň strašně dávno. Před několika měsíci, jenže během té doby se jeho život změnil v opravdovou hrůzu. Začal se bát večerů, umíral strachy, když si začala prozpěvovat, když se začala před odchodem z domova oblékat. Nejdřív odcházela nakrátko, na pár hodin, pak na celou noc. Zpočátku na ni prostě čekal a ležel v posteli, pak bloumal po bytě. Zato teď, jakmile odejde, sedne si na židli u okna a bez pohnutí čeká, až se vrátí.

Strach ho nepřepadl hned. Přikradl se nepozorovaně, vyrůstal z chlapcova čekání a zanedlouho se stal jeho druhým nočním bytím. Bál se dokonce i tehdy, když zůstala doma. Ne však tolik, jako když doma nebyla.

Strašně se bál chodit na záchod. Bylo velice těžké nejít na toaletu. Cítil, jak ho uvnitř všechno bolí, přesto silnější než bolest byl strach, který mu nedovolil ani se pohnout, a on seděl na židli jako přibitý, kroutil se v křečích až do svítání, kdy se konečně vracela. Říkala mu něco, ale on to neposlouchal, hned se bezhlavě řítil na toaletu, zvrátil hlavu, zadržoval sténání a dlouho stál nad mísou, dokud bolest neustala.

Jednou se vrátila domů až za světla a budík, který ho měl probudit do školy, byl dávno vyzvoněný.

„Co to prosím tě vyvádíš?!" rozkřičela se zuřivě, když ho uviděla, jak se krčí na židli. „Kolik je ti let?! Okamžitě se zvedni a vytři podlahu!!! A okno otevři! To je hrozné, ten smrad!"

Křičela dlouho, jen aby v sobě přehlušila pocit viny, zatímco on si mlčky utíral slzy, šoupal hadrem pod stolem a cítil se tak nicotný, že se mu nechtělo žít...

„Nemůžu ti celý život utírat zadek!" plakala. „Já musím žít, copak to nechápeš?! Panebože, za co mě tak trestáš!!!"

Když se uklidnila, objala ho, on se přivinul k jejím teplým ňadrům, vzlykal a cítil se nejšťastnějším člověkem na světě.

„Co si já s tebou počnu, co jen si s tebou počnu..." mumlala a hladila ho po hlavě. „Co jen budeme dělat..."

Kapitola 23

„Brrr! Tam je ale psí zima," hlaholil hlasitě Sergej, s obtížemi otevřel dveře do bytu a protáhl se dovnitř (ruce měl plné nákupů). „Tak kde vás mám, děvčata!" zavolal. „Honem mi pojďte pomoct, nebo to všecko upustím..."

Byl přesvědčen, že někdo doma je, v předsíni se svítilo. Aňka se přirozeně mohla někam vypařit, ale Xenie musí být z práce doma, Sergej o tom měl dost přehled. Dnes byl čtvrtek, její sezení už dávno skončila.

„Ksjucho!" zavolal do kuchyně a všechny balíčky naskládal na botník. „Pojď se přece podívat!"

Nikdo mu neodpovídal, tak se začal zouvat a přitom vrčel:

„Ty ženské snad nejsou normální. Ani dárky je už nezajímají."

Venku začala být pořádná zima. Než stačil zamknout auto a dojít k hlavnímu vchodu s balíčky v náručí, prsty mu stačily natolik prokřehnout, že ještě nebyl s to rozvázat si tkaničky u bot, takže hartusil a vztekal se, jak byl nešikovný. Když se mu to konečně podařilo, sebral balíčky a vešel do bytu. V kuchyni svítilo slabé světlo stolní lampy, ale místnost byla prázdná, jenom hrníček s nedopitým čajem trůnil na stole. I když se svítilo jen v předsíni a kuchyni, Sergej prošel celým bytem.

Když se přesvědčil, že je doma skutečně sám, přepadl ho divný pocit, který ho vyvedl z míry. Ani ho tolik nerozladilo, že spěchal domů a nikdo ho tam nečekal. Necítil se ani uražený, spíš se ho zmocnila panika, po zádech mu přeběhla studená vlna tušeného, neodvratného neštěstí. Pohlédl na hodinky. Osm. Tak pozdě zase není, není důvod k panikaření.

„Co se bojíš," zamumlal nejistě. „Holčičky si prostě někam vyrazily."

Tísnivý pocit ho však neopouštěl, a aby se nějak zaměstnal, začal chystat večeři.

Rozbalil balíčky s dárky, mezi nimiž byla sklenice ženiných oblíbených uzených mořských potvůrek, dětské menu od McDonalda pro dceru a láhev pravého gruzínského Tviši. Přivezl mu je kamarád z Tbilisi, kvůli tomu vínu nakoupil i všechno ostatní.

Rozkládal už talíře, když zaslechl, že do předsíně někdo vešel. I když se po celou dobu, co chystal večeři, snažil nemyslet na nic zlého a dokonce si přitom prozpěvoval, přesto pocítil úlevu.

Vletěl do předsíně a srazil se s Aňou, vymrzlou do červena.

„Kde je máma?" okamžitě na ni vyjel.

Dcera na něj vytřeštila oči:

„Jak to mám vědět?"

Vtom Sergej vybuchl:

„Jak to se mnou mluvíš?! A vůbec, kde se tak dlouho couráš? To mám obtelefonovávat všechny tvé kamarádky?!"

Otec s ní nikdy takhle nemluvil, a tak ji to vyvedlo z míry:

„Co blázníš? Vždyť jsou ještě vzhůru i mimina!"

„Ptám se tě, kdes byla?" pokračoval stejným tónem. „A s kým jsi byla?"

Dcera se také naštvala.

„S Iljou!" vykřikla vyzývavě. „Vymetali jsme spolu průchody!"

„Cože?!" vybuchl Sergej. „Cos to povídala?!"

Aně vytryskly slzy.

„Co mě tu tak vyslýcháš?!" vykřikla. „Jestli máte s mámou nějaké problémy, tak si nevylévej zlost na mně! Vyslýchej si mámu, já jsem svobodná!!!" Rozběhla se do svého pokoje a práskla za sebou dveřmi, že Sergej měl najednou temno před očima.

Vrhl se za ní, ale najednou se zastavil.

„My máme s mámou nějaké problémy?" udiveně se zeptal spíš sám sebe než dcery.

Vrátil se do kuchyně, otevřel ventilačku a zapálil si.

To je mi tedy novinka, pomyslel si. Aňka má ale pravdu. Skutečně mají problémy. To nebylo pro nic za nic, že dnes dostal takový strach, když nenašel Xenii doma. Najednou si uvědomil, že během posledních několika týdnů si spolu se ženou ani jednou pořádně nepromluvili. Když přišla domů, hned se posadila k počítači nebo něco dělala v kuchyni, dělala si nějaké poznámky se sluchátky na uších a pořád cvakala diktafonem. Bývala roztržitá a dokonce podrážděná. Navíc začala znovu po mnoha letech kouřit. Zpočátku to zkoušela dělat potají (Sergej na různých místech nalézal stopy jejích prohřešků), teď už nic neskrývala, jenom po ránu si to nedovolila…

Také si všiml změn v jejím denním režimu. Donedávna vždycky přesně věděl, kde je a co dělá, teď už tomu tak nebylo. A to Xenie celý život všem kolem sebe dokazovala, že všechny maléry na zemi v podstatě plynou z neschopnosti člověka zvládnout sám sebe...

„A dost," řekl si, přitáhl si popelníček a pečlivě uhasil cigaretu. Potom zhasl lampu, aby mu světlo nepřekáželo v soustředění, a usedl do křesla.

Všechno to je nějak divné, to bezesporu, přemítal. Proč ho ale pronásleduje předtucha, že se určitě stane něco zlého? Jednoduše změnila své zvyky, začala kouřit, dokonce zase zhubla, což je dobře...

Trhl sebou, protože zaslechl šramot. Dveře se nesměle a pomalu pootevřely a vpustily do tmavé kuchyně proužek žlutého světla, v němž se objevila Aňkina rozcuchaná hlava.

„Tati," huhlala (nejspíš brečela).

„Hm," ozval se.

„Promiň, jo?"

„Ale no jo."

Malinko zapištěla, vletěla do kuchyně a skočila mu na kolena. Sergej jen heknul. Aňka už hezky dávno přerostla svou útlou matku.

Vlepila mu pusu na tvář a jako malá holka si mu schovala obličej na prsou a zalila ho voňavým, pořád ještě dětským teplem vlasů.

„Taťulínku, odpusť mi to, prosím tě," skoro nesrozumitelně blekotala, „já jsem taková káča... Když v tomhle věku to je těžké, to víš, ta pu-ber-ta."

„Ty se na mě nezlob," Sergej ji políbil do vlasů. „Ňucho..?"

„No?" zvedla hlavu. Neviděl jí do tváře, ale cítil, že

se šťastně usmívá. „Cos to před chvílí říkala o mámě? Ty něco víš?"

„Ale ne!" zamávala rukama. „To já jen tak ze vzteku, rozumíš mi?!"

Sergej se odmlčel.

„Ale ne," zavrtěl hlavou. „Já sám cítím, že není všechno, jak má být... Co myslíš, není nemocná?"

„To sotva," pokrčila rameny Aňka. A najednou cynicky dodala: „To se spíš zamilovala."

„Cože?" přeptal se pro jistotu.

„Ale já si dělám legraci," zareagovala honem, protože si uvědomila, jak je táta nervózní. „A i kdyby to byla pravda, nic se neděje. Raz dva svoji zamilovanost zanalyzuje podle patřičných měřítek."

„Ticho!" zarazil ji najednou.

Dcera zmlkla a oba slyšeli, jak v předsíni hlasitě bouchly dveře.

„No nazdar!" zašeptala Aňka. „Máma má špatnou náladu."

„Běž do svého pokoje," vybídl ji otec a zběžně pohlédl na hodinky. „Už je půlnoc, běž spát. Vem si jenom něco k jídlu."

Aňka rázem zkrotla, poslušně kývla, dala tátovi pusu, vzala si balíček od McDonalda a vyběhla z kuchyně. Sergej zaslechl, jak mámu pozdravila, když přecházela do svého pokoje:

„Ahoj, mami!"

Xenie se na něco nesrozumitelně zeptala.

„V kuchyni," odpověděla jí dcera.

Sergej čekal. Za pár minut se kuchyňské dveře otevřely dokořán a manželka vstoupila. Okamžitě ucítil mírnou vůni – její parfém a dobrý koňak. To však neznamenalo, že musela zrovna pít koňak.

„Co tu sedíš potmě?" zeptala se a cvakla vypínačem.

Sergej přivřel oči.

„Páni!" řekla překvapeně, ale jemu připadlo, že to zaznělo falešně. „Plody moře, Tviši... My něco slavíme?"

Mlčky ji pozoroval. Skutečně zhubla. Byla pořádně přepadlá. Usmívala se, ale oči měla zlé.

„Děje se něco?" zeptala se mírně podrážděným hlasem, posadila se ke stolu a nakládala si na talíř. „Ty se zlobíš?"

„Proč bych se měl zlobit?" pokrčil rameny, ale moc přesvědčivě to nevyznělo.

„To bys měl vědět ty." Viditelně dělala všechno, aby se mu nemusela podívat do očí.

Sergej jí chtěl nalít víno.

„Ne, mně ne," mávla odmítavě rukou. „Já pít nebudu."

„No samozřejmě, když jsi už dnes pila," nedokázal se víc ovládnout.

Vyzývavě na něj pohlédla pohlédla:

„A to se nesmí?"

„Kdes byla?"

„U Mariny."

„Nelži."

Mluvili potichu a na sebe se ani nepodívali.

„Odkdy mi prosím tě děláš scény?" procedila skrze zuby.

„A odkdy mi ty lžeš?"

Vší silou praštila vidličkou. Prázdný pohár žalostně zazvonil a bylo po něm. Sergej se až lekl.

„Co se prosím tě stalo?" zeptal se skoro šeptem a naklonil se k ní přes stůl. „Takovou tě neznám. Můžu ti nějak... pomoct?"

Pobledlá Xenie k němu zvedla oči.

„Dej mi pokoj," ucedila a nespouštěla z něj vzteklé oči. „Všichni mi dejte proboha pokoj!" Odešla od stolu, aniž by snědla jedinou ze svých pochoutek.

Když Sergej sklidil v kuchyni a když se vykoupal, vešel do ložnice, kde jeho žena spala stočená do klubíčka u zdi. Nehledě na to, že tu byla okna přelepená na zimu a že ústřední topení bylo rozpálené, bylo tady poměrně chladno, a tak vytáhl ze skříně vlněný pléd, přikryl jím Xenii a vypnul malou noční lampu na polici u hlavy.

Chvíli postával u okna a bezmyšlenkovitě zíral na vymrzlou ulici, pak si šel lehnout.

Nesmysl, říkal si v duchu a sledoval přitom světla reflektorů aut, jež se proháněla co chvíli po stropě. Že by se zamilovala? Spíš jde o něco jiného. Stalo se něco v práci? Vždyť mi vždycky všecko říkala. Kromě toho si v komplikacích libuje. Je to navíc způsob, jak si může dokázat, co zvládne... Ne, není možné, že by se zamilovala. Taková ona není, všechno, co dělá, je uvážené, nemůže se proto jen tak zamilovat. Taky do koho by se asi zamilovala? Máme společné přátele... Že by nějaký pacient? Sergej si pohrdlivě odfoukl. Vyloučeno. Xenie je profesionál a nic takového si nedovolí...

A tak přesvědčil sám sebe a rozhodl se jít spát. Řekl si také, že si zítra se ženou pořádně a pěkně na rovinu promluví. Otočil se na bok, zavřel oči a dokonce měl pocit, že se mu něco zdálo, když vtom ho napadla jedna pěkně nepříjemná myšlenka. Naráz byl dočista vzhůru.

Uvědomil si, že spolu už několik týdnů neměli styk. Xenie ho z různých důvodů odmítala, a když jednou udělal další neúspěšný pokus a v legraci vyprávěl přitroublý vtip o muži, který odpovídal na volání své ženy o pomoc poté, co se jí zmocnil gorilí samec, řekl jí: „A jsme u toho, teď mu vysvětli jako mně, že jsi unavená a že tě bolí hlava..."

Samozřejmě že za šestnáct let manželství si prožili ledacos. Oba se velmi dobře znali – v tomto ohledu mezi nimi nedošlo k žádným hlubokým nedorozuměním.

Teď však bylo všechno jinak. Sergej si vzpomněl na pořekadlo, že muž se o takových záležitostech dozví vždycky poslední, a skoro mu přes pevně sevřené zuby uniklo zasténání...

...Xenie však nespala. Ležela pod dvěma pokrývkami a jenom dělala, že spí; slyšela, jak se její muž trápí, protože nemůže usnout, jak vzdychá a převrací se, a plakala, aniž vydala hlásku. Slzy jí stékaly po tváři na polštář, který byl už hezky dlouho mokrý a studený. Nemyslela vůbec na nic, nechtělo se jí vzpomínat, jak seděla v kavárně, lila do sebe jednu skleničku koňaku za druhou a přikusovala k tomu sýr s citronem. Nevzpomínala na dnešní neúspěšný den, na Kovtunův útěk, na rozhovor s Monastyrským. Poprvé po dlouhých a dlouhých letech se cítila jako mrňavá bezmocná holčička, která plakala lítostí nad sebou, tak nešťastná a osamělá v takovém velikém, nelítostném a skrznaskrz promrzlém světě...

Kapitola 24

K ránu už mrzlo tak silně, že v parcích začaly pukat kmeny stromů; do studeného ticha to práskalo jako výstřely z pistole.

S hlasitým skřípotem se otevřely promrzlé vchodové dveře kryté stříškou a v jejich žlutém obdélníku se objevily siluety muže v krátkém kožíšku a mohutného psa, který svého pána předběhl a obrovskými skoky se vřítil do ranního prázdna temného dvora.

Chlupatou psí tlamu černého teriéra vmžiku porostly šedivé ledové vousy. Muž křikl do mrazu, zvedl si límec, stáhl si hlouběji do čela tenkou lyžařskou čapku, která se do takového mrazu ani trochu nehodila, a rychlým krokem přešel přes dvůr. Teriér znal jejich trasu až příliš dobře a běžel vpředu někde před svým pánem, hned se však jako huňatý stín mihl v matném světle lucerny, vzápětí znovu splynul s promrzlou mlhou.

Jeho pán ušel pár desítek metrů a najednou se zastavil.

„Tak to tedy ne!" řekl si tiše sám pro sebe. „Copak tohle vůbec jde? Taková psí zima!" A zavolal: „Lorde, domů!"

Pes se nechápavě zastavil kousek od něj, ve tmě se mu leskly vlhké oči.

„Dneska si hrát nebudem," řekl přísně muž. „Jdem domů!"

Lord naklonil hlavu stranou a chvíli čekal v naději, že si to snad pán rozmyslí, tomu se však zamračily oči pod obočím zbarveným mrazem došeda a nesmlouvavě zvolal:

„Domů, povídám!"

Teriér paličatě potřásl hlavou, otočil se a plnou psí rychlostí se vrhl vpřed, k dětskému hřišti ohrazenému plotem, kde si tolik hrávali, kde se mohl svému pánovi schovávat v malinkatých domečcích a v pichlavém křoví.

Muž zaklel a vyrazil po chřoupajícím sněhu za psem. K vratům mu zbývalo ještě pár metrů, když zaslechl vytí.

„Kočka," napadlo ho, přidal do kroku a zavolal: „Lorde, fuj!"

Pes se však nechal strhnout a jeho hlasité vytí přecházelo v tak ohlušivé skučení, až hrozilo, že probudí všechno z širokého okolí.

Když se pán prodral křovím zkřehlým mrazem, konečně uviděl svého miláčka stát u černající se hromady nějakých cárů na sněhu.

„Ty ses snad zbláznil!" mířil k němu celý rozzlobený. „Vždyť všechny probudíš! To si myslíš, že tohle hřiště patří takovým halamům, jako jsi ty? To tedy ne, chlapečku, tady smějí štěkat... jenom dě..."

V půli slova jako by ho mráz umlčel.

„Kristepane!" zachraplal a pomalu klekal k tomu, co považoval za hromadu hadrů. „Kristepane!"

Leželo tam lidské tělo a nebylo sebemenších pochyb o tom, že ten člověk je mrtvý. Tvář zvrácená dozadu byla tak pomalovaná krví, že se nedal ani s jistotou určit věk, snad jenom to, že světlé, jemné, dlouhé vlasy rozprostřené na sněhu patří nějaké ženě. V jejích doširoka otevřených očích se s matným skelným zábleskem odráželo světlo z nedaleko stojící lucerny.

Kapitola 25

„Bože, kdy už ta strašná zima skončí?" zazněl z předsíně hlas Jelizavety Ivanovny a vzápětí do obýváku vpadl Lumpík a hezký kus ujížděl po parketách.

Gurko se už druhý týden povaloval v posteli s příšernou chřipkou, teď závistivě koukal na štěně, které bylo dnes prvně na procházce venku. Určitě tam běhalo po sněhu, lapalo do tlamičky mrazivý vzduch a podle svého zvyku lítalo jako pominuté. Zato Gurko si mohl dovolit nanejvýš přejít z ložnice (co byl nemocný, stačil v ní prostudovat dopodrobna tapety) do obýváku, co nejblíže ke své záchraně – k televizoru.

„Je tam mráz jak samec," pokračovala žena, když vešla za svým chlupatým miláčkem. „A Lumpík jakoby nic! Lítá jako blázen... Péťo!" pozorně si prohlédla muže.

„No," malátně se ozval.

„Ty mě vůbec neposloucháš."

„Ty seš dobrá!" nervózně vyjel Gurko. „Dokonalý diplomat. Já tady umírám mezi čtyřma stěnama a ty mi tu básníš o mrazu a čistém vzduchu!"

„Tak za prvé jsem o čistém vzduchu neřekla ani slovo. Je tam hnusně. Tak chladno nebylo ani uprostřed, zimy, a teď je březen... A za druhé," pohlédla naštvaně na svého muže. „Co ze sebe děláš takového chudinku! Ležíš všeho všudy týden…"

„Deset dní," opravil ji.

„… A skuhráš, že dál nemůžeš. To si musíš zvykat, hošánku. Není ti šestnáct." Poté zamířila do předsíně, aby si svlékla kabát.

„Fuj!" okřikl Gurko Lumpíka, který hlasitě dával zapravdu paničce a ke všemu začal tahat za okraj pokrývky.

„Jaké fuj?!" rozzlobila se Jelizaveta Ivanovna. „Nic tak špatného jsem neřekla…" Hlasitě si povzdechla, znovu procházela přes obývák (tentokrát do kuchyně) a udělala nelichotivý závěr: „Vy chlapi nedokážete ani marodit."

„A jak se podle tebe marodí?" odsekl Gurko a zamračil se. Hlas měl slabý a protivně huhňavý.

„Musíš se uvolnit," ochotně mu vysvětlila žena, „uvolnit se a odpočívat, nemoc je třeba brát jako něco, čemu neutečeš… Nemoc nepřichází na člověka zbůhdarma. Příroda chce, aby sis odpočinul, aby ses zamyslel a udělal něco pro sebe. Říká se tomu, aby ses rozpomněl na duši… Nemoci nastav tvář a ber ji jako součást svého zdraví…"

Gurko tuhle její teorii o nemocích znal a plně s ní souhlasil. Problém spočíval v něčem docela jiném, strašně se totiž nudil a třeba i takový primitivní rozhovor se ženou, i když nešlo zrovna o veselé téma, byl pro něj rozptýlením.

„Ty se máš," řekl jí. „Chodíš si, pořád něco děláš. A já abych se tady válel…"

Nejstrašnější bylo, že nebyl schopen soudně uvažovat. Z horečky měl v hlavě jakousi rozpálenou mlhu, jedna myšlenka se mu pletla přes druhou a přecházely v šílený sen anebo v blouznění. Schopnost jasně uvažovat zmizela a uvolnila místo horečnatým fantaziím, které neměly s logikou nic společného. Stačilo, aby začal přemítat o svém vyšetřování, a představivost mu předkládala ty nejneuvěřitelnější hypotézy, z nichž každá mohla posloužit jako námět pro nějaký hollywoodský thriller. Jednou se dostal na křídlech fantazie tak daleko, že vydržel několik hodin naprosto soustředěně probírat jednu verzi, v níž v úloze maniaka vystupoval nastávající penzista Šanin, který se celá léta tvářil jako kolega a přítel. Ba co víc, šílenství maniaka Šanina se nějak šikovně propojilo s jeho přáním co možná nejdřív a se vší poctou odejít do důchodu.

Když Gurko procitl, ještě dlouho se nedokázal vzpamatovat, podrobně sledoval běh svých myšlenek dbal na to, aby se nerozletěly ještě dál a na nebezpečnější cesty.

Ostatně teď to podle všeho nebylo ani zapotřebí. Pátrání, jak se obvykle píše v románech, se dostalo do slepé uličky a možná právě kvůli tomu Gurka přemohla chřipka. To se mu totiž stávalo vždycky, když ho život postavil před nevyřešený případ. Snažil se jak nejvíc byl schopen přijít záhadě na kloub, ale jeho organismus dospěl k závěru, že všechny ty komplikace nevedou k ničemu, a vyhlásil poplach: zkusil chřipku se zvýšenou teplotou a s blouzněním a pro jistotu i se zánětem kloubů. A čím víc se Gurko snažil záhadu vyřešit, tím horší průběh jeho nemoc měla.

Teď mu nezbývalo než jako lazar ležet v posteli a litovat se, což se mu zvláště dařilo.

„Ty už se zas lituješ?" zeptala se ho žena, když kolem něj doslova proletěla s tácem, na kterém byly misky s potravou pro zvířata.

„Že zrovna dneska musíš mít v sobě tolik energie," poznamenal jedovatě.

Něco zabručela místo odpovědi a zmizela za dveřmi, kde se vzápětí spustil mnohahlasý hladový křik. Petr Semjonovič si závistivě povzdechl a otočil se ke stěně.

Vtom zazvonil telefon.

„Lízo!" zavolal, „telefon!"

Žena ale nereagovala a tak Gurko s hekáním vylezl z postele. Hlava se mu tak točila, že se musel přidržovat zdi.

„Haló!" zachraptil do sluchátka.

„Haló?" nechápavě se ozval hlas nějakého mužského.

„No co je?"

„Potřebuju mluvit s Petrem Semjonovičem Gurkem."

„U telefonu."

„To seš vážně ty?!" podivil se Šanin. „Co to máš s hlasem?"

„Marodím. Co chceš?" zavrčel Gurko.

Šanin chvíli jenom funěl do sluchátka, než konečně řekl:

„Ta tvoje intuice s tebou docela slušně vyběhla!"

„Cože?"

„A ten tvůj základ udělal totéž."

„Jaký základ?" nechápal Gurko.

„Co je s tebou? To máš takovou horečku?" rozčílil se najednou Šanin. „Seš hluchej jak poleno. Povídám ti, že se ten tvůj maniak zase přihlásil. Jenom zapomněl, že si ty jeho ženské musí být podobné jako vejce vejci."

Gurko už slabostí nemohl stát a ztěžka dopadl do křesla.

„Zabíjel?" zasípal.

„Jo. Rukopis je stejný. Jenom ta oběť se ani v nejmenším nepodobá předchozím. Tedy ne že by tu nebyla žádná podoba, je to prostě úplně jinej typ. Silnější, blondýna…"

Takže převzal moji verzi, uvědomil si Gurko… Vážně o ní uvažoval, když dělá takovéhle závěry…

„Třeba je to úplně jiný maniak," jízlivě pokračoval Šanin. „Já si ale myslím, že v Moskvě jsou dva maniaci a že mají stejný rukopis."

„Hm," zamumlal Gurko a myslel si své. „Maniak je svým způsobem fenomén… Čím byla ta žena?"

„Nikde nepracovala," téměř zlomyslně řekl Šanin. „Byla v domácnosti."

Pak se odmlčel a Gurko jasně slyšel, jak funí do sluchátka.

„Tak to je špatné," řekl po chvíli. „Z toho plyne jediné – že jsem pitomec."

„Aspoň jsem tě trochu nadzved," spokojeně konstatoval Šanin. „Jo, to už se stává. Ale volám ti vlastně kvůli jedné maličkosti." Udělal dramatickou přestávku, než mu to vysvětlil. „Ta zavražděná chodila k psychoanalytikovi. Mí lidi ho už mají v prádle."

„Jak v prádle?!" Gurko skoro nadskočil v křesle. „To šli rovnou k němu? A co když zrovna on…"

„Žádný on, jde o ženu. Je to zkrátka psychoanalytička, takže tím maniakem být nemůže."

„Jasně… On je znásilňuje."

„Správně… Koukejme na maroda, jak mu to pálí…"

„Koljo," přerušil ho Gurko. „Dej mi telefon na tu psychoanalytičku. Já si s ní popovídám."

Šanin neodpověděl hned. Dost dlouho mu trvalo, než promluvil:

„Nezapomínej, že teď už nejsi vyšetřovatel z kriminálky. Jsi penzista. A s tím svým průkazem se dostaneš všude."

„Jak to víš?"

„No vím to. Dobrá, tak si piš."

„Takže děťátka máš nakrmená, teď je řada na tobě a na Buzku," řekla Jelizaveta Ivanovna, když vcházela s kbelíkem v jedné a s tácem se špinavým nádobím v druhé ruce. Zůstala však stát s otevřenou pusou mezi dveřmi, když viděla, jak muž balancuje na jedné noze a pokouší se co nejrychleji si natáhnout kalhoty.

„Co to má znamenat..?" zeptala se, když se jí vrátila řeč.

„Lízinko," spustil honem, když si konečně poradil s kalhotami a začal hrabat ve skříni, kde hledal košili, „strašně to spěchá... musím honem..."

„Co šílíš?! S horečkou! Ještě to s tebou někde praští!"

„Nepraští... Už je mi líp."

Žena na něj pozorně pohlédla, beze slova sevřela rty a prošla kolem něj do obýváku.

Cítil se strašně zesláblý a měl na sebe vztek, s tím svým oblékáním ztratil celou půlhodinu.

„Lízo, tak já jdu!" zavolal, když si nasazoval čepici.

Manželka mu neodpověděla a Gurko proklouzl potichoučku do předsíně, obul si teplé boty a téměř neslyšně cvakl zámkem, pak vzal za kliku.

Dveře nešly otevřít. Došlo mu, že asi udělal něco špatně, ještě chvíli kroutil zámkem sem a tam, až si konečně uvědomil, že je zamčen i horní zámek.

„Lízo!" zavolal znovu. „Kde jsou klíče?"

Ani teď mu neodpověděla. Odešel proto do kuchyně, pak skoro proletěl celým bytem. Nebyla doma. Dobře půl hodiny ještě hledal celý naštvaný klíče, až se nakonec musel smířit s tím, že žádné nenajde, protože je manželka odnesla.

Kapitola 26

Sergej nemohl pracovat. Odvrátil se od počítače a bezmyšlenkovitě se díval z okna.

Viděl spěchající lidi s červenými nosy, do promrzlé páry se halící auta a najednou uviděl sebe – malého kluka, jak s ostatními stejně starými kamarády běží za Vaďkou, který nese v náručí Ksjuchu. Šíleně Vaďkovi záviděl, že je takový silák, že unese v náručí plačící Xenii, která se ho držela kolem krku. Tenký pramínek krve jí stékal po prstech na noze, odkapával do prachu a hned se proměňoval v tmavá jezírka. Na strašně zraněném Ksjušině koleně bylo vidět perleťově bílou kost. Tehdy si myslel, že určitě umře, taková zranění se přece nepřežívají. Trpitelsky se mračil a strašně toužil vzít na sebe aspoň část její bolesti – a trápil se také pomyšlením, že se Ksjucha nedozví, že v ní vidí křehkou princeznu s drobounkou svatozáří, Popelku, jejíž nožky jsou teď potřísněny krví.

„Příšerné" zranění se brzy zahojilo, jednou provždy po něm zůstala jen malinká bílá jizvička na koleně. Vaďka se stal hrdinou dne, Ksjucha všude chodila s ním a zamilovaně se červenala, kdykoli na něj promluvila.

Tenkrát se starý moskevský dvůr proměňoval v kolbiště, kde den co den probíhaly turnaje, o kterých neměli dospělí potuchy. I když byl Sergej přesvědčen, že svou první lásku ztratil, přece jen se vzpamatoval a začal o ni bojovat jako slon v porcelánu. Vstával před svítáním a celé hodiny své tělo ničil cvičením. Dlouhé hodiny běhal v lese, jako šílenec se věšel za ruce na vlastnoručně vyrobené hrazdě, dokud mu nedošly síly, vysedával nad učebnicemi tak dlouho, až málem přestal vnímat, hltal jejich obsah, dokud se mu nepodařilo získat lehkost a přirozenost při vystupování a sebedůvěru. Pak vstupoval do arény a jako místní šašek (on si však připadal jako hrdina, rytíř...) tu předváděl, co všechno dovede. Musela ale být přítomna Ksjuša, bez z ní byl jako obvykle zasmušilý nahrbený výrostek a svým způsobem bubák. Stačilo však, aby se objevila, a Sergej se proměnil v docela jiného člověka, dokonce povyrostl, narostly mu slušné svaly, blonďaté vlasy mu netrčely na všechny strany, zvlnily se mu a jeho neobratné vyjadřování bylo totam. Už měl kolem sebe obdivovatele, kteří ho doprovázeli jako stín a žasli nad tím, jak se mění. Ksjucha ho ale obdivovala jen jako kamaráda a ať dělal co dělal, nedokázal její lhostejnost překonat, trápil se tím a po nocích si lámal hlavu, čím by si ji celou a jednou provždy získal..

Vaďka přijal soupeření okamžitě a vážně jako chlap, vůbec se ničemu nedivil. Copak on, smutně uvažoval Sergej, když se popichovali všelijakými jízlivými poznámkami, bez kterých se jejich setkání neobešla, on přece nemusel vůbec nic, ani se nemusel snažit si ji udržet, sama na něm visela očima...

Nikdy se doopravdy nepoprali, dokonce ruku na sebe nevztáhli, při všech jejich bitkách na život a na smrt přicházely ke slovu skutečné zbraně: žádné soubojové pistole, ale pro obyčejné lidské oko neviditelné meče a šavle z jiných sfér. Přesto se zakrátko stalo zřejmým nejen jejich soupeření, ale i jeho hlavní příčina – Ksjucha se svýma světlýma očima pod tmavým rovným obočím, Ksjucha s černými nakrátko střiženými vlasy a poněkud většími dětskými ústy. Nic z toho jí však nedocházelo. I dřív kamarádila více s kluky a nezdráhala se zapojit do nějaké té šarvátky, ale ani ve snu ji nenapadlo, že se něco takového děje kvůli ní.

Pak se Ksjucha přestěhovala do velikého krásného domu na Leninském prospektu a začala chodit do jiné školy. Sergej jezdil k domu, kde bydlela, smutně civěl na široká okna, kde za jedním z nich žila svým, pro něj neznámým životem jeho láska. Postával pod těmi okny i v dobách, kdy jeho spolužáci chodili na spoustu přípravných kurzů, aby se dostali na vysokou, a stál tam i tehdy, kdy sám měl skládat zkoušky. Proto když při nich neuspěl, rázně se rozhodl, že zemře v boji s jejím jménem na rtech, a vstoupil do armády.

Fyzická příprava, kterou absolvoval v bitvě o královnu svého srdce, mu přichystala zlý žert: dostal se k výsadkářům a krátce poté ho poslali do Afghánistánu.

Život se mu tehdy rozdělil na dvě části. V tom „před Afghánistánem" mu zbyla Ksjucha, jeho láska k ní, bitky s Vaďkou (ve kterém teď Sergej viděl nejlepšího přítele), maminka, Moskva, večírek na rozloučenou a pocit nepochopitelného štěstí za jarního jitra, když se díval na rozvíjející se pupeny topolů.

Nejvíc místa v jeho „afghánském" životě zabírala smrt, která obcházela jako šakal, kamkoli člověk pohlédl, a vyhlížela si kořist, a příchod jara neznamenal nic víc než zvýšenou aktivitu nepřítele.

I když byl toho názoru, že tu jen tupě přežívá, jeho vojenští nadřízení na to měli svůj názor, štědře ho odměňovali za úspěšnou službu a nepokrytě ho připravovali na vojenskou kariéru. Stal se velitelem čety, se smrtí jako by uzavřel časově omezenou smlouvu a skutečné jeho mimořádné povýšení už bylo na spadnutí, když najednou došlo k něčemu neuvěřitelnému: nejlepší výsadkář útvaru, do kterého vkládali velké naděje, se rozhodl zcela banálně pro civil hned po skončení vojenské prezenční služby. Uražení náčelníci by nikdy nepřišli na to, že se tak rozhodl kvůli stručnému dopisu, který dostal krátce před koncem prezenční služby.

Xenie sama nedovedla v podstatě vysvětlit, proč mu napsala. Říkala, že čistě náhodou potkala jeho matku, a když se dozvěděla, že je v Afghánistánu, rozhodla se, že ho morálně posílí a tak podobně. Bylo to něco naprosto nepochopitelného v Ksjušině analytickém způsobu jednání, Sergej byl tím pádem přesvědčen, že ruku jeho příští ženy vedl sám osud, který mu tím, co udělala, zachránil život a učinil ho šťastným.

Samozřejmě že o Ksjuchu musel znovu bojovat – zůstávali u přátelského vztahu, jinak byla dál stejně nepřístupná. Sergej však měl jasno: kromě ní v životě nic nemá smysl.

Aby se jí vyrovnal, začal studovat na univerzitě a dostudovali oba současně vzhledem k tomu, že přeskočil dva ročníky. Sergej byl trpělivý, takže Xenii ani v nejmenším nenapadlo, že na ni příšerně žárlí, když ji vídá s někým koketovat, polévalo ho horko pokaždé, když se ho třeba jen letmo dotkla, v noci se převaloval na posteli a zmíral touhou.

Jediný, kdo věděl o Sergejově trápení, byla Marina,

citlivá duše, která největšího Ksjušina přítele bleskově odhalila na jednom večírku a převzala nešťastně zamilovaného do své péče.

Sergeje její účast příšerně štvala, i když právě ona sehrála v jeho vztahu ke Xenii rozhodující úlohu. Ksjucha si všimla, že mu její přítelkyně Marina věnuje zvláštní pozornost, a začala se na Sergeje dívat jinýma očima. Brzy, velice brzy přišel nádherný máj, který Xenie se Sergejem strávila v Kuskovu a nádherné šeremeťjěvské paláce se staly svědky jejich lásky.

Jistěže se nedá o celých těch šestnácti letech společného života mluvit jako o letech pod zářivou sluncečnou oblohou, stejně jako se jim nedá přisuzovat, že byla stejně šťastná, jako byl ten jejich památný bláznivý máj. Ksjucha byla chladná a Sergej nejednou o její lásce pochyboval. Nikdy však nezapochyboval o její věrnosti. Občas mohl mít dojem, že ho jeho žena příliš nepotřebuje, její schopnost vystačit si sama mu přinesla dost těžkých chvil, byl si však i tehdy jistý, že po nikom jiném netouží, protože si vybrala jeho, Sergeje, a že to udělala jednou provždy.

Věděl to jistě… Zimomřivě se přikrčil. Copak člověk může o ženské tvrdit něco s jistotou? A vůbec, jak mohl on, člověk, který ani v nejmenším nepatří mezi hloupé nebo naivní, považovat cokoli na světě za definitivní? Už tehdy v Afghánistánu došel k závěru, že pohodové, tiché dny s sebou přinášejí největší nepříjemnosti. Protože neštěstí je jako smrt, člověk ji má pořád v zádech a jenom čeká, kdy zničehonic udeří na nejzranitelnějším místě…

„Už musím jít," řekl tiše.

„Jak to myslíš?" udiveně na něj pohlédl od sousedního pracovního stolu Ljoša, reklamní návrhář, který pracoval také jako počítačový expert.

„Prostě už odcházím." Sergej vstal, oblékl se a bez rozloučení odešel.

Marina byla doma. Ostatně byla doma téměř pořád, odcházela jen nakoupit, nebo když šla ke škole naproti dceři. Dříve chodívala aspoň občas do nakladatelství, ale od chvíle, kdy si najala literárního agenta, jí taková povinnost odpadla. Sergej se vždycky divil, jak vlastně získává milence. Ne, tak mnoho jich zase samozřejmě nebylo, ale i kdyby měla jen jediného, musela se s ním přece někde setkat.

Když otevřela dveře, zůstala na něj udiveně koukat.

„Ahoj, Marino!" řekl rozpačitě, protože nevěděl, jak začít.

„Ahoj!" Prohlédla si ho od hlavy k patám. „Ty jsi tu sám?"

Sergej kývl.

„Už jsi tu dlouho nebyl…" řekla táhle.

Bez ženy za ní přišel prvně.

„Tak pojď dál," ustoupila a pustila neohlášenou návštěvu dovnitř.

Když ho vyslechla, dlouho mlčela.

„Tak co mi povíš?" už to nevydržel Sergej. „Proč mlčíš? Xenie… mám pravdu?" maličko se zarazil, pak to ale dořekl: „Zamilovala se…?"

„Pochop…" promluvila konečně.

„Nic nechápu," řekl netrpělivě.

„Všechno na to vypadá," zamyšleně pokračovala Marina, jako by si nevšimla jeho podráždění. „Ženská se doopravdy změní, když se zamiluje. Nutnost lhát svým blízkým z ní dělá člověka nesnášenlivého a podrážděného... Říkáš nový pacient? A že se tak zahloubala do práce s ním, že na něj pořád myslí a že tě dokonce oslovila jeho jménem..." Najednou měla ve tváři nepochopení. „Že by s ním i spala?" celá ohromená položila akademickou otázku.

Sergej sebou škubl.

„Cukáš se zbytečně," řekla Marina a vrhla na něj rychlý pohled. „Rozhodně to nezlehčuj, radši se podívej pravdě do očí. Abych ale byla upřímná, nedovedu si něco takového představit. Taková Věrka... Víš, jestli už k něčemu takovému došlo, já... Kteroukoli ženskou si dovedu takhle představit. Ksjuchu ale ne."

Pohlédla na Sergeje, který zuřivě kouřil.

„Všechno na to vypadá," opakovala, „jenom to ne, že tu mluvíme o Ksjuše."

Kapitola 27

„Dobrý den!"
Xenii ten hlas polekal a prudce se otočila ke dveřím. Na prahu stál Oleg a usmíval se na ni.

Otřásly jí události dnešního rána, dlouhý, náročný pohovor s vyšetřovatelem, nebo jak se říká člověku, který vede předběžné vyšetřování, nechtěla dnes nikoho přijímat. Ještě měla před sebou Kátinu tvář, a přestože na její nečekané a zrůdné smrti nenesla jako profesionálka žádnou vinu, tíživý pocit viny ji neopouštěl.

Když však uviděla Olega, jako zhypnotizovaná na něj kývla.

„Dobrý den," řekla. „Pojďte dál."

Zatímco si svlékal kabát a usedal na pohovku, nenápadně ho pozorovala. Ve srovnání s minulým sezením to byl úplně jiný Oleg. Jako by mu všechno dělalo radost: silný mráz venku, který způsobil, že mu bledé lícní kosti mírně zrůžověly, teplo v ordinaci i samotná Xenie, která seděla u stolu a pozorně ho sledovala.

Třel si promrzlé ruce, se zájmem si prohlížel knihy na policích, usmíval se a vypadal, že je sám se sebou nadmíru spokojen.

Xenie mlčela. Pohlédl na ni a jeho ješitný úsměv se postupně změnil v úsměv provinilý.

„Xenie Pavlovno," oslovil ji jako vždycky na začátku sezení jménem, „mám pocit, že bych se vám měl omluvit."

Xenie tázavě pozvedla obočí.

„Ano, ano," téměř radostně pronesl. „Musím se vám omluvit, protože jsem se na minulém sezení choval…" zarazil se a hledal vhodný výraz „…neadekvátně. Ano, choval jsem se neadekvátně." Znovu se odmlčel a dodal: „Dokonce až hrubě."

Olízl si rty a Xenii bylo najednou jasné, že ho nechce vidět. Už jen pohled na něj jí byl nepříjemný – takový ješita, mne si ruce a radostně se usmívá.

„Proč?" přemohla se, aby mu položila otázku.

„Co proč?"

„Proč si myslíte, že jsem se urazila?"

„A neurazila?"

„Ne. Jsem váš terapeut a všechno, co se s vámi děje, jak se chováte, je výsledek naší společné práce… Proč se tedy omlouváte?"

Zarazil se, začal se hrabat v kapse, něco tam dlouho hledal, pak ruku vytáhl, něco žmoulal v prstech a řekl:

„Připadlo mi, že jsem vás rozčilil. Nebo snad ne?"

„Ne."

„Teď ale jste rozčilená, že je to tak?" naléhal. „Já to na vás vidím. Nebo to nemá se mnou nic společného? Nejspíš ano. Proto jsem včera nepočkal. Já… dostal jsem strach, že nebudete chtít… Pokusím se vám vysvětlit, co bylo se mnou, smím?"

Pustil se do sáhodlouhého vysvětlování, přeskakoval od jednoho k druhému, hned mluvil o dětství, hned o svých současných komplikacích se ženami. Xenie ho poslouchala jen na půl ucha. Něco se v něm jistojistě změnilo, překypoval energií a viditelně větší sebedůvěrou než kdykoli předtím. Když mluvil o sobě, nebyl zamyšlený a sebesoustředný jako obvykle. Byl celý rozzářený a naprosto vším se kochal: svým hlasem, svým tělem, pohledem z okna…

Překvapenou Xenii náhle napadlo, že se teď podobá upírovi, který se napil krve. Každou chvíli si olízl rty, které mu viditelně zrůžověly od chvíle, kdy ho viděla naposledy, v očích se mu usadil pro ni neznámý výraz oznamující celému okolí svrchovanou sebejistotu, v hlase zaznívaly vítězoslavné tóny. Bylo jí nepříjemné dívat se mu do tváře, připadalo jí, že v ní je něco děsivého.

Nesmysl, ujišťovala se, to všechno ta Kátina smrt. Přesto sklopila oči, aby mu neviděla do obličeje a začala si prohlížet jeho ruce. Měl je drobné, upravené, nehty ostříhané nakrátko, mělké dlaně.

Při vyprávění pořád rukama mával, jako kdyby svá slova zdůrazňoval – podle Xenie zbytečnými gesty. Přitom levou ruku neustále rozvíral a svíral, pravou měl neustále sevřenou, něco v ní držel, nějaký velice drobný předmět, chvílemi ho převaloval mezi prsty. Ta gesta jí byla nepříjemná, bezděčně sledovala jeho ruku a snažila se uhodnout, co v ní ukrývá. Tak se na to soustředila, že ho přestala poslouchat, toužila rozpoznat, co to drží. Několikrát si všimla, jak se mu mezi ukazováčkem a palcem něco zalesklo a sužovala ji jakási zatím nejasná, nepříjemná myšlenka. Nespouštěla z té ruky oči.

„Posloucháte mě vůbec?" najednou se podrážděně zeptal. „Vnímáte, Xenie Pavlovno, co povídám?"

„Cože?" s námahou odtrhla pohled z jeho prstů a pohlédla mu do tváře. „Jistěže vás poslouchám."

Nedůvěřivě se na ni podíval.

„Samozřejmě," opakovala Xenie co nejpřesvědčivěji a uvědomovala si, že nemá potuchy, o čem právě mluvil. „Pokračujte, prosím."

Znovu na ni nedůvěřivě pohlédl a pak se rozpovídal:

„Chci říct, že všechno, co cítím, všechno, co se děje, spolu nějak souvisí. Má to souvislost s mým dětstvím, ještě předtím, než jsem zůstal bez rodičů. Včera jsem si vzpomněl na jednu příhodu z té doby. Pronajali jsme si dům, už si ani nepamatuju, kde to bylo... Někde u Možajska..."

Xenie se proti své vůli opět zadívala na jeho pravou ruku.

„Co je to s vámi ?!" vybuchl Oleg a mávl pravačkou.

Drobný lesklý předmět opsal oblouk a s tichým ťuknutím dopadl na podlahu. Xenie vyskočila a naklonila se přes stůl, aby viděla, co to bylo. Oleg bleskově zakryl předmět rukou a zvedl ho. Udělal to ve zlomku vteřiny, Xenie však stačila zahlédnout malinké zlaté srdíčko se zeleným kamínkem – Kátinu náušnici, kterou mnula v prstech vždycky, když byla rozrušená.

Pohlédla na Olega, jako by ztuhla úzkostí. Zvedl hlavu, a když uviděl její vyděšenou tvář, vrhl se k ní.

„Co je vám?!" zeptal se s nestrojeným úlekem a chytil ji za ruku. „Co je vám, Xenie Pavlovno?! Je vám špatně?"

Opatrně vymanila svoji ruku z jeho a chraptivým, cizím hlasem se zeptala: „Co to máte v té ruce?"

„Co prosím?" nechápal.

„Ukažte mi, co máte v pravé ruce."

„V pravé ruce?" Udiveně pohlédl na svoji pravici, kterou svíral v pěst.

„Jo vy myslíte tohle," zasmál se. „To je knoflík. V metru se mi utrhl."

Dal jí rozevřenou dlaň před obličej a Xenie nechtěla věřit svým očím: skutečně držel malý žlutý knoflík od košile, který se nijak, dokonce ani barvou nepodobal Kátině náušnici.

Ohromeně se dívala na knoflík a pomalu dosedla do křesla. Chvíli panovalo v ordinaci naprosté ticho. Oleg stál mlčky před Xenií, v hloupě natažené ruce držel knoflík. Xenie seděla vzpřímená za stolem, rozkládala po stole do přesných hromádek papíry. Nakonec pohlédla na pacienta a vyrovnaným hlasem řekla:

„Olegu Ivanoviči, jsem nucena vám doporučit, abyste se obrátil na jiného psychoanalytika. Mohu vám navrhnout velice…" na okamžik se zarazila, „velice dobrého odborníka. Včera jsem s ním mluvila, je ochoten pokračovat s vámi v sezeních… na která já nestačím." Poslední slova pronesla nesmírně tiše a Oleg se stejně tiše zeptal:

„Vy se mě chcete zbavit?"

Snažila se nedívat na pacienta a mluvila dál nesmírně rychle.

„Já se vás nechci zbavit, to je běžná… skoro běžná situace. Myslím, že vaším analytikem by měl být muž, zkušenější terapeut než jsem já… To však vůbec neznamená…"

„Tak vy se mě zbavujete?" pomalu opakoval Oleg a v jeho hlase zaznělo něco, co donutilo Xenii, aby se na něj podívala.

Byl strašně bledý, místo panenek měl v očích dva titěrné body, dva černé, šíleně malinké puntíky velikosti špendlíkové hlavičky, v nichž vládla panika.

Oleg sklopil oči a řekl:

„To ale nemůžete. Na to nemáte právo."

„Já se vás nezbavuji," uklidňovala ho Xenie. „Naopak, mám o vás starost…"

„Ne!" vykřikl najednou a praštil dlaní do stolu. Knoflík odletěl stranou, odrazil se od zdi a upadl na podlahu. „Ne! Vy o mě žádnou starost nemáte, vy máte starost jen sama o sebe. Protože já nepotřebuju, abyste se mě zbavila, to vy se potřebujete zbavit mě!" Chytil ji za ruku. „Slyšíte mě?! Já vám nedovolím, abyste to udělala!"

Xenii to bolelo a bylo jí hrozně. Skoro nevnímala, co na ni křičí, až mu létaly sliny od úst. Viděla jen jeho oči plné nenávisti, bílé rty a cítila, s jakou zrůdnou silou jí tiskne ruku.

„Uklidněte se, Olegu," snažila se mluvit co nejklidněji, když ho o to prosila. „Nechme tu záležitost na příště. Třeba sami najdeme nějaké východisko…"

„Ne!" řval na ni. „Ty se mi budeš věnovat teď, hned teď, rozumíš?!" Pustil její zápěstí, rychle se natáhl přes stůl a chytil ji za krk. „Teď hned!!!"

V tom se otevřely dveře a do ordinace vstoupila vedoucí stomatologického oddělení. Káravě našpulila rty a řekla:

„Xenie Pavlovno, od vás bych nečekala…" a znehybněla s pusou dokořán.

Oleg se celý nahrbil, jeho ruce mu samy od sebe uvolnily stisk a jako zlomené větve klesly podél těla. Pak si dlaní přejel po čele a aniž zvedl oči, zablekotal:

„Promiňte…" Ustoupil bleskově od Xenie, popadl kabát a v tichosti zmizel z ordinace.

Vedoucí po celou tu dobu hleděla s vytřeštěnýma očima hned na něj, hned na Xenii. Když pacient odešel, Xenie klesla do křesla a držela se za hrdlo.

„Kdo to byl?" konečně ze sebe vypravila vedoucí. „Nějaký vrahoun… nebo co to bylo?"

„Ale ne. Můj pacient."

„No teda!" Chvíli si Xenii prohlížela. „To máte docela zajímavou práci, Xenie Pavlovno."

„Nechte mě být, prosím," tiše ji požádala Xenie.

„Cože?" nechápala vedoucí.

„Nechte mě být!!!" vykřikla Xenie a hned nato si zakryla ústa rukou.

Když uražená vedoucí opustila ordinaci, Xenie se rozplakala. Ani si neotřela slzy, rychle se oblékla a vyběhla na ulici.

Vůbec se nepamatovala, jak se dostala domů. Vpadla do bytu a jako v horečce pozamykala všechny zámky u dveří, z baru vytáhla láhev a vypila zbytek vodky do dna.

Kapitola 28

Kdyby Petra Semjonoviče tenkrát krátce po svatbě zamkla doma žena, určitě by to považoval za ponížení. Možná proto Jelizaveta Ivanovna dosud nic takového neudělala. Teď bylo všechno jinak. Co si namlouvat, dnes už je Gurko starý, nemocný člověk, důchodce a dědek dědkovatý. Připadalo mu hloupé rozčilovat se nebo se dokonce pokoušet přelézt k sousedům na balkon. Nezbývalo mu než si lehnout znovu do postele, vzít si teploměr a smířit se s tím, že je nemocný. Hlavně na nic nemyslet. V takovém stavu by ho stejně nic chytrého nenapadlo...

Co když se ale přece jen zmýlil? Ne, nic takového se nemohlo stát. U maniaků se neděje nic nahodile a to, že všechny oběti si byly doposud tak podobné, to nebyla pouhá shoda okolností. Tak proč se zřekl svých zvyků? To je přece tak strašně nepravděpodobné, jako volba oběti.

Zatraceně, spílal si v duchu Gurko, vždyť Šanin má ve stavu taky psychologa. Určitě nastávají situace, kdy se maniak chová... atypicky... neadekvátně své povaze. Může dojít k nějakému zkratu, vyprovokovanému nestandardním chováním oběti. Třeba když ho ta oběť z psychologického hlediska převyšuje. Nebo když je vyhlédnutou obětí profesionální psychiatr nebo psycholog...

Něco na tom bylo – a třebaže Gurko rozvíjel své úvahy ještě dál, jistá část těchto úvah jako by se ubírala docela jiným směrem, nezávisle na jeho přání, zcela bezděčně a vskrytu. Gurko cítil, že někde hluboko v jeho mozku probíhají nějaké paralelní myšlenkové pochody, v nichž vůbec nedominují rozumové závěry. Něco podobného se mu stávalo i dřív, důležité bylo nepouštět tyto „pochody" ze zřetele a přitom se tvářit, že normálně uvažuje dál.

Pronikavé zazvonění telefonu ho vrátilo do reality. S hekáním se vyhrabal z postele.

„Lízo!" spustil rázně, jakmile zvedl sluchátko.

„To jsem já, Péťo." Ženský hlas v telefonu nepatřil jeho ženě.

„Ty, Táňo?" podivil se. Samochinovou poznal okamžitě, i když s ní telefonicky nemluvil od té doby, kdy odešel do důchodu.

„Poslyš, trochu jsem se tu hrabala..." Její hlas zřetelně sužovaly starosti. „Jde o toho tvého maniaka. Našla jsem jeden snad důležitý případ, i když je starý dvacet let... Šlo v něm o velmi podobnou vraždu. Je ovšem pravda, že oběť v tomto případě nemá s psychologií nic společného... Přijedeš se na to podívat?"

„Teď hned?"

„Jak se ti to bude hodit. Třeba hned. Já tady nebudu, jdu na kobereček... Nechám ti na stole takovou malou složku. Je bílá. Případ vraždy nějaké Olgy Ivanovny Kovtunové."

Kapitola 29

„Něco ti povím," řekla Marina a nalévala Sergejovi další kávu. „Já si totiž myslím, že kdybys byl doopravdy přesvědčený, že tě Ksjucha podvádí, tak bys ke mně nechodil."

Sergej pokrčil rameny.

„To já nevím," odpověděl po chvíli mlčení. „Vlastně si takovou situaci vůbec nedokážu představit, připadal bych si jako pitomec."

„Přesto ale žádné jiné vysvětlení pro změněné Ksjušino chování nemáš."

„Jaké jiné vysvětlení by mohlo existovat?" s nadějí v hlase pohlédl Sergej na Marinu.

„Netuším. Tak to pojď celé rozebrat." Zapálila si. „V jaké jiné situaci kromě zamilování se může pětatřicetiletá ženská takhle chovat? Třeba když je ve stresu," zamumlala Marina. „Na druhou stranu si ale nedovedu představit, co by Xenii mohlo do takové míry rozhodit. Že by Aňka?"

„Ale to ne," zavrtěl hlavou Sergej. „Aňka dokáže rozhodit spíš mě."

„No právě. Protože mámu u vás doma děláš ty. A Ksjucha je věčně zaneprázdněný tatínek… A co rodiče?"

„Jak – rodiče? S těmi je to pořád stejné," uvážlivě namítl Sergej. „Nic nového pod sluncem. Akorát Ksjušin otec je zase nemocný."

„Poslyš, a co neúspěch v práci, ten by ji dokázal vyvést natolik z míry?"

„Vyvést z míry ji samozřejmě může, ale ne takhle. Neúspěch ji obvykle spíš vyhecuje. To přece víš."

„No to je pravda," přikývla Marina, „to si pamatuju ještě ze školy. Nikdy ji nic nepoložilo." Zamyšleně začala klepat prsty na stůl. „Takže tudy cesta nevede. Dobře, vezmeme to z jiného konce. Máš na někoho podezření?"

„Jak to myslíš?"

„No jak... Jestli tušíš, do koho by se mohla zamilovat."

„Já si nic takového nemyslím, žádal jsem tě o radu."

„Hele, nechytej se slovíček. Tak je někdo takový, nebo není?"

Sergej dlouho mlčel.

„Tak co?" naléhala Marina neústupně.

„Já... já nevím. Snad... Nevím."

„Tak povídej."

„Má jednoho nového pacienta..."

„A dál?"

„To mě tu snad vyslýcháš, nebo co?!" naštval se Sergej.

„Klídek," řekla. „Kdo za kým s tou záležitostí přišel? Ty. Takže teď mluv. Nemám chuť ti tu věštit z kávové sedliny."

„Mohla bys to zkusit," zavrčel Sergej. „Hned by bylo jasno. No dobře, promiň. Já ale o tom pacientovi nic nevím, jenom že se jmenuje Oleg. Jeho případ ji strašně upoutal, aspoň to říkala."

„Pokud vím," namítla Marina, „analytici nesmějí navazovat milostné vztahy se svými pacienty. Snad mají vypracovaný dokonce nějaký obranný systém. Proč si myslíš, že jde právě o něj?"

„Já si nic nemyslím," odsekl Sergej. „Prostě mi to tak připadá."

„A co ti tak připadá?"

„Že když se objevil, všechno se začalo měnit..." najednou se zarazil, odmlčel se a upřeně zíral na desku stolu. Pak zvedl oči k Marině a tiše řekl: „Jsem prostě pitomec."

„Všichni chlapi jsou pitomci," ochotně souhlasila Marina.

„Tohle se ovšem týká i tebe," popíchl ji.

„Jak to?"

„Protože ani jednoho z nás nenapadla taková drobnost, která dovede změnit člověka."

„Co tím myslíš?"

„Strach."

„Strach?" podivila se Marina. „Ksjucha se ale přece ničeho nebojí. Leda smrti, jako ostatně my všichni."

„Počkej," přerušil ji Sergej. „Jak jsem na to mohl zapomenout... Dočista jsem zapomněl na jednu takovou příhodu..." Najednou vyskočil. „Nezlob se, Marino, musím běžet. Jsem vrták! Já celou tu dobu tušil nějaké nebezpečí!"

Ještě něco blábolil, když vyběhl do předsíně a Marina se hnala za ním.

„Taky bys mi to mohl vysvětlit!" zavolala.

„Teď ne, později. Musím za ní," bleskově se oblékal. Ve dveřích se ještě otočil: „Říkala mi, že ji chce někdo zabít, a já kretén jsem se tomu jenom vysmíval, rozumíš..."

Kapitola 30

Xenie se probudila, až když byla v bytě úplná tma, a okamžitě dostala strach. Ležela na pohovce a bála se pohnout, dokázala jenom šeptat chvějícími se rty:

„Vstaň a rozsviť si... Vstaň, ty káčo, a rozsviť..."

Elektronické hodiny na zdi ukazovaly půl sedmé. Vždyť přece není tak pozdě, přemlouvala se. Ještě pořád trvá špička. Nikdo mi nemůže nic udělat... Musím jenom vstát a rozsvítit...

Ležela však na pohovce dál, neměla sílu ani pohnout rukou, nezúčastněně naslouchala tichu v bytě. Zmocnil se jí ten nejopravdovější dětský strach a Xenie jako dítě zabořila tvář do velurové látky na pohovce, hlavu si přikryla polštářem.

Bylo to však ještě horší. Odhodila proto polštář a s nepředstavitelným úsilím se donutila vstát. Tma jí teď připadala jako úplná spása. Přistoupila k oknu, jediné světlejší ploše v bytě. Pohled na projíždějící auta s rozsvícenými světly a na chodce na ulici ji trochu uklidnil. Tam venku šlo všechno svým tempem. Cítila potřebu vmísit se do toho davu, protože se v něm nebude cítit jako opuštěné dítě, ponechané napospas neznámému nebezpečí...

Vtom zazvonil telefon. Napadlo ji, že by to mohl být Sergej, rozběhla se k přístroji a zvedla sluchátko.

„Haló!"

Ze sluchátka se však ozývaly jen krátké tóny. Zamrazilo ji, odhodila sluchátko na vidlici s takovým odporem, jako by to byl had, a když telefon zazvonil znovu, s hrůzou od něj uskočila.

Začala pobíhat po tmavém bytě, po hmatu nalézala oblečení, klíče od auta, bleskově se oblékla, v tichosti otevřela dveře a protáhla se na schodiště. Prudké světlo na chodbě ji oslepilo a vystrašilo. Rozběhla se dolů, nechtělo se jí jet výtahem. Podpatky jí ťukaly po schodech a v tu chvíli si překvapivě uvědomila, proč nikdy neměla přílišnou důvěru k výtahu, k jeho uzavřenému prostoru, k tomu, že nemohla nijak kontrolovat, co ji může čekat tam, kde výtah zastaví. Pokaždé se jí zastavilo srdce ve chvíli, když sebou výtah trhl a jako ve špatné detektivce si udělal krátkou přestávku před tím, než otevřel dveře, a z ní se stala naprosto bezmocná bytost neschopná čelit případným nebezpečím, která na ni mohla číhat.

Najednou ztuhla – dole se něco téměř neslyšně pohnulo. Přitiskla si kabelku na prsa, aby uklidnila zběsilé bušení srdce, a shlédla dolů úzkou mezerou mezi výtahem a výtahovou šachtou. Po schodech pomalu stoupala stará paní z druhého patra. Namáhavě vlekla těžkou tašku.

„Dobrý den," s úlevou řekla Xenie, když se k ní blížila. „Proč nejedete výtahem?"

Babka se zastavila u dveří svého bytu, chvíli namáhavě lapala po dechu, tašku postavila na zem, a než odpověděla, pohlédla na Xenii unavenýma očima:

„Čert ví, co se stalo... Zmáčkla jsem knoflík... a nic."

„Aha," zamračila se Xenie a rozběhla se dolů.

Vyběhla na dvůr a rozhlédla se. Sněžilo, velké bílé chuchvalce oslepovaly. Lidé na ulici se schovávali do vyhrnutých límců a spěchali domů. Xenie byla všem lhostejná. S obavami pohlížela do tváře každému, koho potkávala, aniž by pořádně věděla, koho vlastně chce vidět. Vládla tu ale pohoda a Xenie neměla sebemenší chuť opustit živou, osvětlenou ulici, i když jí vítr metal do tváře sníh, takže nic neviděla.

Nakonec se rozhodla pro auto, prostě s ním někam zajede: k Marině, k Monastyrskému, k Serjožovi do práce, kamkoli, kde nebude sama.

„Xenie Pavlovno," oslovil ji nejistě nějaký děda, který se zastavil a překvapeně se na ni zadíval. Couvla před ním, jako kdyby měl mor, rozběhla se od něj, snažila se zmizet v davu a zároveň si přitom nadávala, že je zbabělá. Je to prostě nějaký děda z domu, kde bydlím, jeden z těch, kteří chodí na procházku v době, kdy se obvykle vracím domů z práce.

Celá udýchaná se zastavila a ohlédla se. Děda byl pryč a Xenie se zastyděla. Snažila se jít pomalu a zamířila ke garáži.

Když minula hlídačovu budku, nerozhodně se zastavila. Čekala ji teď dlouhá, trýznivá cesta prázdnou dvoupatrovou budovou s garážemi. A ať se ujišťovala sebevíc a říkala si neustále, že se nebojí nebezpečí zvenku, ale něčeho, co má v sobě, žádný takový profesionální přístup jí nepomohl. Bylo jí jasné, že dál už neudělá ani krok, a tak energicky přistoupila k hlídači.

„Nemohl byste mě doprovodit k mému autu?" zeptala se a snažila se o co nejkoketnější tón.

Asi pětadvacetiletý mladík se odtrhl od televize a udiveně na ni pohlédl:

„Cože to chcete?"

Xenie se lichotivě usmála:

„Hrozně se tam bojím chodit sama... Děje se taková spousta příšerných věcí... A v doprovodu tělesného ochránce, jako jste vy, si na mě nikdo nic nedovolí."

Významně pohlédla na jeho ruce s prsty jako špekáčky, ve kterých třímal pořádný hamburger.

Se zájmem si ji prohlédl od hlavy k patě.

„Já ale odtud nesmím odejít," namítl nejistě.

„Nikam daleko přece nepůjdete," rychle řekla Xenie. „Mé stanoviště je hned vedle... Stačí, když mě kousek doprovodíte tamhle do toho kouta a odtamtud se za mnou chvilku budete dívat, jestli mě nechce někdo třeba sníst."

Usmívala se, jak nejlépe uměla, až mladík lítostivě pohlédl na hamburger a konečně se rozhodl odložit ho na stůl.

„Tak jo." Vstal, a když si Xenie všimla jeho výšky a vypracovaných svalů pod košilí, nebyla si jistá, jestli to s tím koketováním nepřehnala.

To tedy bude věc, napadlo ji, když vykračovala vedle něho širokou chodbou se silnou ozvěnou, jestli mě ten chovný býk znásilní rovnou tady v té pitomé garáži a pak mě ještě podřízne...

„Chovného býka" však zřejmě nic takového nenapadlo. Skutečně s ní došel k určenému rohu, tady se zastavil a řekl:

„Máš na to pět minut, stihneš to?"

„Děkuju." Xenie kývla a vyrazila rychlým krokem, podpatky jí hlasitě cvakaly po cementové podlaze a každou chvíli se ohlížela.

Mladík se z místa ani nepohnul, netrpělivě se každou chvíli díval směrem, kde nechal nedojedenou večeři a televizor. Když Xenie otevřela auto, zavolal na ni a jeho hlas se vrátil šerem garáže:

„Dobrý?"

Xenie na něj zamávala rukou, usedla do golfu, a jakmile mladík zmizel za rohem, rozjela se. Předjela ho, ještě mu zamávala, počkala, až dorazí do své budky, otevře jí vrata, na rozloučenou na něj zahoukala a vyjela z garáže.

Nezastavila, zavrtěla se ještě pohodlně na sedačce, narovnala si zpětné zrcátko a zapnula rádio.

Rozhodla se, že pojede k Marině, a zabočila z jasně osvětleného prospektu do vedlejší ulice. Zpomalila, když uviděla, jak před ní bezmocně tancuje na kluzké silnici žigulík, a najednou ztuhla, když pocítila, jak se jí do krku zapíchl ostrý, studený předmět.

„Jen klid, Xenie Pavlovno," zaslechla známý hlas. „Hlavně zachovejte klid…"

Kapitola 31

Jakmile Gurko spatřil fotografii Kovtunovy sestry, která zahynula před pětadvaceti lety, všechno do sebe zapadlo jako ve skládačce. Dál už o tom ani nepřemýšlel. Prostě to před sebou viděl. Tak, jak lidé krátce před smrtí vidí vcelku svůj život. Odlišné a zdánlivě naprosto spolu nesouvisející události náhle zapadly dokonale přesně jedna vedle druhé a vytvořily ucelený obraz.

Druhé setkání s Kovtunem, žena podobná Irišce, která na Kovtuna zavolala, jeho rozpaky, to, že ji oslovil Xenie Pavlovno a to, že se tak jmenovala i psychoterapeutka poslední oběti... Gurko si byl jistý, že jde o tutéž ženu a Kovtun že je její pacient a ona jeho další obětí.

Věděl, že pak pro něj bude hračka dokázat vrahovi jeho vinu, nezbýval však čas na takové úvahy. I tak ho ztratil příliš mnoho čekáním na ženu, která přišla až za dvě hodiny, tvářila se provinile, a jakmile ho uviděla, bylo jí jasné, že nemá smysl dál mu bránit v odchodu. Na prostudování případu vraždy Kovtunovy sestry nezbýval čas, jenom ho prolistoval, aby se ujistil, že se skutečně všechno shoduje – způsob zabití i vzhled oběti. Jenom jediná věc tu scházela – nějaká souvislost s psychologií nebo psychiatrií. Tehdy však bylo Kovtunovi dvanáct let, byl ještě dítě. A to byl začátek.

Šanina na oddělení Gurko nenašel, nebyl ani doma. Nevadí, najde ho později, teď musí neprodleně varovat Xenii před nebezpečím, které jí hrozí. Na čísle do ordinace se nikdo nehlásil. Vytočil číslo domů, někdo sluchátko zvedl, ale spojení se přerušilo, a třebaže Gurko volal několikrát, nikdo už telefon nezvedl. Rozhodl se proto, že k ní zajede domů na adresu, kterou měl od Šanina. Když vystoupil z metra ve stanici Okťabrskoje pole, stále ještě cítil, jak je po té chřipce zeslábý. Rychle vyrazil ulicí a schovával tvář před útočícím větrem a chuchvalci sněhu.

K domu, kam šel, už mu zbývalo pouhých pár desítek metrů, když najednou spatřil Xenii. Rychlým krokem šla proti němu, byla bledá, v očích plno hrůzy, na hlavě nic.

„Xenie Pavlovno..." zavolal na ni, ale ona na něj jenom vylekaně pohlédla, vyhnula se mu, pak se rozběhla a rychle zmizela v davu...

„Doprava. Znovu doprava. Ještě jednou doprava... A teď vlevo..." přikazoval Kovtun, který seděl vzadu a silně tiskl Xenii na krk ostří nože.

Snažila se neudělat prudký pohyb (což v takovém počasí nebylo tak složité, sněhu padalo stále víc, vítr ho zvedal, vrhal ho na přední sklo celé hory; navíc auto každou chvíli klouzalo po ledě schovaném pod sněhem), a plně se soustředila na cestu, i když bodání v tepně na krku jí stále připomínalo Kovtunovu přítomnost.

Zkoušela si dát do souvislosti všechno, co se stalo, a najednou si uvědomila, že strach, který jí svazoval ruce ještě vteřinu před tím, než o sobě dal v autě vědět, byl dočista pryč. Všechno mělo zase svoje místo. Že Kovtun zabil Káťu, to jí bylo jasné už dřív, právě proto se knoflík „změnil" v Kátinu náušnici. Věděla také, že se jí pokoušel zabít tehdy v nemocnici... Bála se tohle všechno si přiznat. V duchu si nadávala. Bylo to neodpustitelné profesionální selhání.

Ovšem chyby dělala mnohem dřív... Teď, když už se tohle všechno stalo, ji to nijak zvlášť netížilo. Cítila se jako někdo, na koho konečně spadla dlouho hrozící lavina. Ať to působí sebevíc podivně, cítila se teď nesrovnatelně volněji. Nedalo se samozřejmě hovořit o tom, že by byla klidná. Tohle byl spíš případ, kdy strach překročil únosnou lidskou mez a lidské vědomí v zájmu ochrany před zešílením zmobilizovalo poslední síly, aby se zbavilo strachu jako nekonstruktivního prvku. Pomohlo i to, že se strach zhmotnil do podoby člověka, a i když pro ni znamenal ohrožení, přesto jej znala, navíc to byl pacient, na něhož mohla mít ještě nějaký vliv.

Pohlédla do zpětného zrcátka. Kovtunova sešlá tvář jí ve špatném světle připadala cizí. Proč ji nezabil hned, když zabočila do tmavé uličky bez jediného človíčka nedaleko domu, kde bydlela?

Našla dost odvahy k tomu, aby se opatrně zeptala:

„Jedeme na nějaké konkrétní místo?"

Ruka s nožem se zachvěla a jeho ostrá špička se zabořila do kůže. Xenie vykřikla.

„Žádal jsem vás," promluvil výhružným hlasem, „abyste zachovala klid... Musíte být klidná."

Xenie napjala celé tělo a pokusila se nenápadně posunout doleva, dál od nože. Kovtun si ničeho nevšiml, nebo jen dělal, že si ničeho nevšiml, a Xenie si tiše povzdechla.

Jeli poměrně pomalu po Volokolamské silnici a Xenie si znovu položila otázku, proč ji nenechá mluvit. Nejspíš na něj má pořád ještě nějaký vliv, to by znamenalo, že stereotyp doktor–pacient působí, takže aspoň malinkou šanci by mohla mít. Jiné by to bylo – to ji právě zničehonic napadlo – kdyby všechny oběti byly psychoanalytici.

„Za tunelem vpravo," přikázal jí a Xenie poslušně zapnula pravý blikač.

Tak co teď? Uvažovala a pokoušela se zahnat do nějakého kouta znovu se probouzející strach. Ten nápad s oběťmi-psychoanalytiky nechme stranou. V takovém případě by bylo všechno beznadějné. Raději zkusme jinou variantu. Nejdřív ho bude třeba rozmluvit. Oslovovat ho jménem, přivést ho k nějaké společné vzpomínce. Stručně řečeno – identifikovat se. Teď jsem pro něj pouhá oběť, a i když mi říká křestním jménem, identifikace tu neprojde… Samozřejmě by bylo hloupé se ptát, kam jedem… Třeba to ani sám neví…

Najednou si uvědomila, že jedou Tušinem, čtvrtí, kde bydlí Věrka. Xenii se rozbušilo srdce. Začala nenápadně zhluboka dýchat. Bylo by hloupé počítat s tím, že pojedou zrovna kolem domu, kde bydlí. Ještě hloupější by bylo spoléhat na to, že Věra je zrovna teď v Moskvě. A absolutní hloupost by byla myslet si, že v takovém počasí bude venku. Přesto se Xenie pokusila převzít iniciativu do svých rukou. Napjala ze všech sil svaly na krku jako před chvílí, to pro případ, že se Kovtunovi znovu nebude líbit, když promluví, a nanejvýš opatrně začala:

„Olegu…"

Mlčel, ale neškubl sebou jako posledně, a tak pokračovala: „Kdybyste mi aspoň přibližně řekl, kterým směrem jedeme, dokázala bych řídit auto ještě klidněji."

Mlčel a Xenie čekala, střídavě se dívala na cestu a do zpětného zrcátka. Chvilku to vypadalo, že vysloví konkrétní adresu, ale tvář se mu najednou zkřivila úšklebkem.

„Ke mně domů," odpověděl tiše.

Kapitola 32

Dítě plakalo už dlouho, bylo vidět, že je unavené a že nemá sílu dál plakat.

„Dědo, pojď domů... Tak dědo, pojď už..."

Věrka kdoví pokolikáté přišla k oknu a pokoušela se na bídně osvětlené ulici aspoň něco zahlédnout. V Tušinu nikdy neměli kloudné osvětlení, a dnes večer, kdy se za oknem sypal sníh, už nebylo vidět vůbec nic. Jenom ten dětský pláč k ní přilétal otevřenou ventilačkou z venkovního šera, a tlumené poryvy větru, vzápětí však zaznívající v plné síle.

„Nemám ráda děti," brblala Věrka, protože ji ten pláč nepředstavitelně rozčiloval.

Zavřela ventilačku, chvíli u ní ještě postála a poslouchala. Zvuky aut, které sem doléhaly od silnice spolu s vytím vichřice, zněly tlumeně, zato dětský hlas, aspoň jí to tak připadalo, nabíral na síle:

„Dědečku, tak pojď... Prosím tě, pojď domů..."

„Pěknej pitomec, ten tvůj dědeček!" zanadávala Věra a šla do předsíně vzít si něco na sebe.

Narychlo si hodila kožich přes ramena a šálu přes hlavu a jen tak v bačkorách vyšla na zšeřelé schodiště, kde ji vylekala skupinka mladých narkomanů, kteří se hnali s injekční stříkačkou v rukách po schodech nahoru.

„Čert aby vás vzal!" křičela za nimi Věrka. „Koukejte odtud vypadnout, nebo na vás zavolám policii!"

Narkomani však ani muk, krčili se někde nahoře, a Věrka s nevybíravými nadávkami scházela dolů.

„V tom našem baráku se vám nějak zalíbilo," bručela. „V pekle by si vás měli čerti pořádně podat i s těmi vašimi stříkačkami a vším tím sajrajtem! Na malé kousky by vás tam měli rozcupovat!"

Než došla do přízemí, stačila ve svém monologu dát co proto místnímu strážníkovi, který se podle ní až moc soustředil na známé spiťary v okolí, své od ní dostal i moskevský magistrát, kterému bylo vzdálené Tušino lhostejné, a tušinský starosta, který povolil otevření lékárny s nepřetržitým provozem hned vedle domu, kde bydlela. Tahle lékárna přitahovala narkomany bez rozdílu věku a sociální příslušnosti tím, že je zásobovala jednorázovými injekčními stříkačkami.

Věře se vítr prudce opřel do obličeje a donutil ji zmlknout, jen se zlým pohledem podívala k sousednímu domu: u lékárny už pochopitelně stála pěkná fronta, polovina těch lidí sem přijela drahými auty, takže Věrka běsnila.

Na schůdku u hlavního vchodu uviděla zkroucenou postavu, kolem které pobíhal ten ufňukaný mrňous.

„Co je s tebou, starouši?" spustila a sklonila se nad ním. „Zbláznil ses, nebo co?! To dítě je napůl zmrzlé!"

Dědek ani nezvedl hlavu a začal blábolit něco nesrozumitelného. Věrka pochopila, že je namol.

„Ty seš teda natankovanej!" Užaslá Věra pohlédla na plačící dítě, kterému mohly být tři čtyři roky.

„Ti už tady sedí pěkně dlouho," řekl někdo vedle ní.

„Já už ho taky zvedala."

Věrka se ohlédla a poznala sousedku zachumlanou do šátku. Ve tváři měla ustaraný výraz.

„Možná bychom měly zavolat policii?" zeptala se a s nadějí pohlédla na Věru. „Nevím, co mám dělat... To dítě pořád pláče a pláče a tenhle starej trouba se tu jen válí."

Věra si k dítěti přisedla na bobek.

„Čípak jsi?" zeptala se a pokoušela se mu otřít mokrou tvářičku, studenou jako led. „Jsi chlapeček, nebo holčička?"

„Chlapečé-é-ék..." monotónně vybrečelo dítě.

„A kdepak bydlíš?"

Chlapec se od Věry odvrátil, přitiskl se k dědovi a znovu se rozplakal:

„Pojď domů, dědo..."

„To je pakáž, tihle ochlastové!" začala bědovat sousedka. „Člověku je toho dítěte tak strašně líto..."

Věra na ni podrážděně pohlédla.

„Nebul," řekla rázně. „Zůstaň tady, zavolám na policii."

Vrátila se do domu. Narkomani, kteří se usadili ve čtvrtém patře, se teď cítili v naprostém bezpečí a dávali to patřičně najevo.

„Padejte odtud!" zařvala cvičně, ale nahoru na ně nešla, neměla čas.

Vpadla do bytu, vtrhla do ložnice a zatřepala spícím Mišanem.

„Koukej vstávat!" tahala ho z postele. „Na ulici mrzne nějaký mrňous!"

Mišan se hned nestačil probrat a vyjeveně na ni civěl.

„Co se děje, Věruš?" blábolil. „Kvůli čemu se zlobíš?"

„Už ať jsi z postele!" stáhla ho z ní bez milosti, dál se o něj už nestarala a rozběhla se k telefonu.

Když se jí podařilo najít v seznamu nejbližší policejní oddělení, vytočila číslo a dlouho poslouchala, jak telefon vyzvání. Konečně to ve sluchátku cvaklo a mužský hlas řekl:

„...Kruci, ještě se proběhneš... Haló!"

„To je policie?" zeptala se co nejpřísnějším hlasem. „Máme tady dítě."

„Jaké dítě?"

„Ztracené." Pro jistotu se nezmínila o opilém dědovi. „Dítě, co se ztratilo."

„Adresa?" Sloužící policista na druhém konci drátu okamžitě zpozorněl.

Věrka mu řekla adresu.

„Hned tam pošlu hlídku," slíbil jí hlas v telefonu a ve sluchátku se ozvaly krátké tóny.

Z ložnice vyšel Mišan – byl už oblečený, a mračil se.

„Tak kam mám jít?" zeptal se.

„Dolů," stručně mu odpověděla Věrka.

Dole bylo vše při starém. Opilec tam seděl, hlavu za tu dobu ani nezvedl, dítě dál plakalo, sousedka vedle nich plakala taky. Věrka vzala dítě na ruku a to se rozplakalo hlasitěji.

„Nebreč," řekla mu. „Maminka hned přijde."

„Maminka odjela pryč," odporoval jí chlapec. „Doma je jenom babička."

„Tak babička, říkáš... Hned tu bude a odvede si tě. Doma ti dá najíst. Uloží tě do postýlky..." brebentila, přecházela před vchodem do domu a houpala dítě.

Mišan se sklonil nad opilcem a zacloumal jím:

„Kde bydlíte?"

Opilecky cosi zamumlal.

„Kde?"

„N-ne... n-nevím..."

Mišan chvíli přemýšlel, pak ochlastu zvedl levou rukou, pravou mu prohledal kapsy. Když ho pustil, staroch se svalil do sněhu jako pytel.

„Strašnej chlap," řekl Mišan. „Nemá u sebe žádný doklady."

Chlapec stále plakal ve Věrčině náručí a ta si najednou představila, jak to dítě za chvilku odvezou do zakouřené strážnice, kde bude sedět tak dlouho, dokud se nezjistí, kde bydlí.

Přistoupil k ní okrskář s nějakou vysokou ženou, z níž se vyklubala sociální pracovnice pro nezletilé.

„Kdo je tohle?" zeptal se policista a ukázal na chlapa stočeného na sněhu.

„To je jeho děda," vysvětlovala sousedka. „Vůbec o sobě neví. Je opilý."

„Odveďte to dítě kousek dál," přikázal policista a sociální pracovnice vztáhla po chlapci ruce.

„Já se o něj postarám," řekla Věrka a s dítětem v náručí poodešla k silnici.

„Dědečku!" rozkřičel se chlapec. „Dědo, dědečku!"

„Jestlipak se ti líbí auta?" potichu se ho zeptala Věra. „Podívej se, co jich tu jezdí!"

Dítě se zadívalo na projíždějící auta.

„Líbí," odpověděl jí stejně tiše. „Mám rád mercedesa."

Věra se nenápadně ohlédla. Skloněný policista si něco vysvětloval s opilcem. Tomu se to nelíbilo a pronikavě ječel.

„Kde bydlíš?" jednotvárným hlasem se vyptávala ruka zákona. „Kde bydlíš, ptám se tě?"

„A jaká auta se ti ještě líbí?" hlasitěji promluvila Věra, aby chlapec neslyšel policistu.

„Moskviče mám rád," odpověděl ráčkující chlapec. „Lady..."

„A co je tohle za auto?" Věra ukázala na tmavočervené auto projíždějící těsně u chodníku.

„Volkswagen," namáhavě odpověděl chlapec.

„No ty jsi ale šikula!" upřímně se podivila Věrka. „Takový mrňous a jak se v tom vyzná..."

Najednou se zarazila. V golfu, který kolem nich projel, zřetelně zahlédla za volantem Xenii. Ve světle reflektoru si dokonce všimla, že je nepřirozeně bledá. Za ní seděl nějaký mužský a nakláněl se k ní.

Věrka ještě chvíli stála s ústy dokořán a nespustila auto z očí.

„Zajímavý..." zahuhlala si pro sebe.

„A tamhle je audi," ozval se s komentářem viditelně veselejší kluk. „A tohle je mercedes..."

Kapitola 33

„A já vím, kde bydlíme," najednou řekl chlapec a vyrušil Věru z hlubokého zamyšlení.

„Cože?" ozvala se roztržitě, a když se vzpamatovala, skoro vykřikla: „Cos to povídal?!"

„Ukážu ti náš dům, chceš?" naklonil se k ní a zašeptal jí do ucha.

V tu ránu Věra na Xenii zapomněla.

„Proč jsi to neřekl dřív?!" zaradovala se. „Pojď mi to ukázat."

Dala nenápadné znamení sociální pracovnici a ta k nim přistoupila.

„Tak ukaž," Věrka se pokusila předat chlapce ženě, „ukaž, kde bydlíš, tady té paní."

„Ne!" odsekl kluk. „Ukážu to jenom tobě!"

Žena kývla a Věrka s povzdechnutím vykročila směrem, kam dítě ukazovalo. Zanedlouho dorazili ke čtyřpatrovému domu: na dvoře tu rozčileně pobíhala starší žena v kabátě spěšně přehozeném přes ramena, s vlasy mokrými od sněhu a s uplakanýma očima.

„Míšenko!" vrhla se k vnukovi a slzy jí tekly z očí proudem.

Věrka, pořádně naštvaná na nepořádnou babku, jí

mlčky předala dítě; všechno další nechala na sociální pracovnici a vrátila se ke svému domu.

Teď kolem starocha ležícího na sněhu v hlubokém opileckém komatu postávalo pět policistů, kteří sem přijeli autem s nápisem Městská policie. Sousedka se zájmem sledovala, jak se strážci pořádku spolu dohadují, Mišan postával vedle nich a stále se rozhlížel.

„Proč jsme to museli vyžrat zrovna my?" říkal jeden z policistů při marných pokusech opilého dědka postavit, aby mu viděl do tváře. „Ještě nám v autě zhebne a pak s tím bude hromada papírování... Prostě musíme zavolat sanitku."

„Toho žádná sanitka nevezme," chabě protestoval okrskář, který taky netoužil po tom, aby mu někdo v jeho rajonu umřel. „Na sněhu pustí páru rychleji."

„Je potlučený?" zeptal se městský policista a posvítil mu do tváře baterkou. „Pane bože, vždyť je samej smrkanec..."

„No jo!" neznámo proč se zaradovala sousedka. „Však taky celou dobu pořád kýchá!"

„No a co," naštvala se Věrka. „Má prostě rýmu. Jednoduše nastyd... Jdeme," vyzvala Mišana. „Tohle ať si vyřídí sami, je to jejich práce..." Už chtěla odejít, pak si ale na něco vzpomněla, vrátila se k okrskáři a řekla: „V domě je asi pět narkomanů se stříkačkama a tím jejich sajrajtem..."

„Pst!" sykl policista a zamával na ni rukama. „Mluv potichu!" Vystrašeně pohlédl na městské policisty.

„Proč potichu?!" rozčílila se Věrka. „Na tomhle dvoře je spousta fízlů!"

Okrskář ji odvedl stranou a zašeptal:

„Ti se tímhle nezabývají..." A protože na něj Věra pořád dělala zlý kukuč, vysvětloval: „Na ty se musí jinak."

„Jak jinak?" zeptala se ohromeně.

„Přichystáme na ně past," zašeptal. „Budeme je sledovat…"

Věře údivem vylezly oči z důlků. Nenalezla slov, jenom pořád kroutila hlavou a vrátila se zpátky k Mišanovi.

„Praštěnej barák," odpověděla mu na jeho tázavý pohled.

Vrátila se domů, bezcílně chvíli přecházela po bytě, pak šla do ložnice.

„Představ si," otočila se k Mišanovi, který se znovu chystal do postele, „viděla jsem před chvilkou Xenii."

„To je fajn," odpověděl.

„Bylo to ale divné." Usedla na kraj pohovky. „Jela v autě s nějakým mužským…"

„To se stává."

„Ty tomu vůbec nerozumíš!" naštvala se. „Byla taková divná… A ten mužský taky tak nějak divně seděl… Neměla bych to zavolat Sergejovi?"

Mišan konečně pochopil, že dnes už nemá šanci, že by směl usnout, a pozvedl se na loktech.

„Třeba to byl milenec?" navrhl jí řešení. „Co by ses pletla do cizího soukromí?"

„Ty seš prostě blázen! Xenie na milence není."

„Proč si to myslíš?" uvážlivě namítl Mišan. „Víš o ní snad všecko?"

„To ne," řekla rozpačitě. „Všecko ne. Jenomže ona má vždycky všechno až moc přesně nalajnovaný…"

„To není argument," řekl Mišan, a protože považoval rozhovor za skončený, otočil se ke zdi.

Věra vstala a šla do kuchyně.

„Argument… není to argument… Zkusit to ale můžu…"

Kapitola 34

Sergej seděl v kuchyni a otupěle se díval na louže, které mu stekly z bot.

„Uvažuj, uvažuj!" říkal si chvílemi. „Uvažuj, kam mohla jít."

Před půlhodinou ještě věřil na zázrak, když přiběhl domů. V bytě byla tma, slabá vůně Xeniiných voňavek napovídala, že odtud odešla poměrně nedávno. Na pohovce ležel pomačkaný přehoz, na podlaze pohozený polštář. Otevřená skříň, věci rozházené bez ladu a skladu...

Okamžitě se vrhnul k telefonu. V ordinaci ho nikdo nezvedl, Aňka, která zvedla sluchátko u manželčiných rodičů, také nic nevěděla. Sergej dokonce volal na své pracoviště, nevěděl proč, ale měl pocit, že mohla přijet tam, i když to neodpovídalo jejím zvyklostem. Potom vyhledal zápisník, kam si oba zaznamenávali telefonní čísla všech společných známých, kolegů i bývalých spolužáků. Ne... ne... nevolala... nevím... Cítil, jak se ho zmocňuje panika, a aby jí nepodlehl, naráz vypil sklenici koňaku.

Pak usedl a tupě se zadíval na svoje boty.

Na Věrku si vůbec nevzpomněl. Na tom nebylo nic divného, jednala vždycky nepředvídatelně a doma ji člověk navíc zastihl jen výjimečně. Slyšel, že bydlí někde na venku, takže ho teď ani nenapadlo zavolat jí.

Pak se rozdrnčel telefon a ve sluchátku zazněl Věrčin hlas:

„Haló! To jsem já." Skoro ji nepoznal.

„Kdo prosím?" přeptal se.

„No přece já! Ty na tom telefonu spíš nebo co?" hartusila, ale to už konečně poznal, kdo volá. „Člověk se k vám nedovolá, ani kdyby se zbláznil… No co nic neříkáš?"

„Věro…" začal, ale nenechala ho domluvit.

„Já volám jen tak…" Odmlčela se, ne však na dost dlouho, aby stačil říct aspoň jediné slovo. Skoro hned pokračovala: „Samozřejmě že mi není nic do toho, co se tam u vás děje…"

Sergeje napadlo, že volá proto, že má špatnou náladu, a zamračil se.

„Věrko," řekl unaveně, „nezlob se, ale já na tebe teď nemám…"

„Aha," řekla, jako by měla radost. „Takže jste se pohádali."

„Ne, nepohádali jsme se… Lépe řečeno pohádali, ale ne dnes…" Chvilku mlčel, než dodal: „Xenie…"

„No co?"

„Nevíš, kde by mohla být?" zeptal se, ale byl přesvědčen, že to je zbytečná otázka.

„Ale copak?" vyzývavě ho popíchla.

Sergej najednou z jejího hlasu vycítil šanci: „Ty snad něco víš?!"

„No…" Bylo jasné, že se Věrka nemůže k něčemu odhodlat.

„Tak mluv, kruci!" vybuchl Sergej. „Okamžitě mi to řekni!"

„Ne, nejdřív mi řekni, co se stalo," postavila si hlavu Věra a pak zničehonic uhodila: „Tys jí byl nevěrný, že jo?"

„Ty káčo!" rozčílil se. „Je v bryndě, chápeš to? Kdo ví, co jí hrozí!"

„To jako s tím chlápkem nebo co?" zpozorněla.

Sergeje najednou píchlo u srdce.

„S chlápkem? Tys je viděla? Kde?!"

„Kde-kde-kde... Jeli spolu tím jejím novým autem," nevydržela to nakonec. „Před půl hodinou projeli kolem našeho baráku..."

Kapitola 35

Šanin přišel domů celý promrzlý, zmáčený od sněhu a vzteklý. Tenký kabát, který mu věrně sloužil už hezkou řádku let, se ani v nejmenším nehodil do zimního počasí, vlastně do nejtvrdšího ročního období vůbec. Kromě toho Šanin nesnášel rukavice, šály a podobné „doplňky", stačilo, když to slovo slyšel, a naskakovaly mu pupínky. V mládí si takových drobností, jako jsou promočené nohy za sychravého podzimu nebo ruce ztuhlé zimou tak, že jimi nemohl pohnout, jednoduše nevšímal, ovšem po dnešním tříhodinovém běhání na mrazu mohl stoprocentně počítat se zhoršením bronchitidy, to znamená s vyčerpávajícím kašlem a odporným pocením.

Manželka se ještě nevrátila z práce, samotnému se mu večeřet nechtělo, proto se rozhodl, že si vypije trochu čaje, aby se zahřál a ukrátil si čas. S notným rámusením postavil na čaj a sáhl pro sirky. Z takového bohulibého podnikání ho vyrušilo zazvonění telefonu, šel k němu i se zápalkami v ruce..

„Jsi to ty, Koljo?" zaslechl ve sluchátku vzrušený Gurkův hlas. „Zaplať pámbu!"

„Co se děje?" zpozorněl. Gurko mu nikdy nevolal, aby se ho zeptal, jak jde život. Vždycky k tomu měl služební důvody. Jenomže Šaninovi se už dneska víc pracovat nechtělo.

„Koljo," řekl Gurko úplně nažhavený, „já už vím, kdo to je."

Šanin mlčel.

„Slyšíš mě, Koljo?"

„To víš, že jo, Péťo. Jsem to já. Kdo jiný by to mohl taky být?"

„Já ale mám na mysli toho tvého maniaka."

„To si myslíš ty, že jde o maniaka. Ve spisu se o žádném maniakovi nemluví. Je to jednoduše vražda. Možná v tom jsou osobní důvody. Nebo šlo o loupež."

Ve sluchátku bylo ticho. Pak se Gurko znovu potichu ozval:„Šanine!"

„No co je?"

„Mohl bys pro mě něco udělat?"

„A co?"

„Vydej prosím tě zatykač na Kovtuna Olega Ivanoviče, staršího vědeckého pracovníka z Institutu soudní psychiatrie Serbského ústavu."

Šanin bezmála vyskočil.

„Zbláznil ses?"

„Moc tě o to prosím. Aspoň ho zadrž na čtyřiadvacet hodin. Musím tě upozornit..."

„Víš ty co?!" rozzuřil se Šanin. „Na takový fóry zapomeň. Ty jako důchodce můžeš všechno. Jenomže já jsem ještě zaměstnanec, odnesu to pak já, ne ty!"

Gurko se znovu nadlouho odmlčel, než se zeptal:

„Mohl bys pro mě aspoň zjistit, kde je? Jestli je v práci nebo doma. Nebo jestli je někde na návštěvě..."

„Dobře," změkl najednou Šanin. „Ale jenom že jsi to ty. Pošlu tam svoje lidi. Ať si ho proklepnou... toho vědeckého pracovníka."

„Děkuju ti," s úlevou vydechl Gurko. „Jsi fakt kamarád."

„To tedy ne!" vyjel najednou Šanin. „Žádný kamarád nejsem a ty mi už nikdy nevolej!"

„Nikdy?" téměř nehlasně se zeptal Gurko.

„Jenom kdyby tě někdo vraždil!" zařval do sluchátka Šanin a vztekle jím praštil.

... Dál už snad nemohl nic dělat. Nezbývalo než se postavit u domu Xenie Pavlovny a čekat, až se objeví. Gurko ani nevěděl, proč se podíval na hodinky. Půl deváté.

Proč zabil její pacientku? ptal se sám sebe, když přecházel sem a tam před vchodem do sedmipatrového domu. Tahle se přece vůbec nepodobala těm ostatním... Nejspíš se ho něčím silně dotkla, když ustoupil od svých návyků. Vždyť Xenii si jistě vybral právě proto, že se podobá těm předcházejícím.

Kdy masový vrah vlastně nejedná podle scénáře? Když se dostane do stavu akutní psychózy. Co ho může k něčemu takovému donutit? Prakticky cokoli. Kdo to dokáže posoudit? Co udělá dál? Nejspíš se pokusí zabít svou hlavní oběť. Proč to ale ještě neudělal? To je tedy otázka... Třeba k tomu nenašel vhodné místo. Přece ji nezabije na poliklinice. A pak je také nutné vzít v úvahu, že ta žena je profesionální psychiatr, nejspíš ví, kudy se nemá vracet domů a kudy může.

Co když ale tuhle vraždu připravuje obzvlášť pečlivě? Třeba... třeba si pro ni chystá nějaké zvláštní místo...

Vtom Gurko strnul.

„Místo?" zeptal se najednou nahlas.

Došel k lucerně, vytáhl z aktovky kopii případu,

kterou dnes pro něj nechala v archivu Samochinová, a začal v něm horečnatě listovat. Pak pohlédl na hodinky, pokýval hlavou a znovu zamířil k metru.

Nikdo mi přece nebrání, uklidňoval sám sebe a neuvědomoval si, že jde stále rychleji, abych si prohlédl místo, kde Kovtun bydlel se svou sestrou a kde prvně v životě vraždil... Tím spíš, když to je kousek odtud, ve starém Tušinu...

Kapitola 36

Byl to starý dům s vytlučenými okny, s opadávající omítkou a polorozbořenou střechou; obyčejná dvoupatrová stavba s několika byty, které v Rusku po válce postavili zajatí Němci. Tehdy určitě vypadal nádherně tenhle nízký standardní dům. Teď byla kolem něj narychlo postavena dřevěná ohrada a stavba měla být buď zbořena, nebo opravena, vypadala opravdu jako ruina.

Xeniino vědomí jako by se rozdělilo na dvě na sobě nezávislé části. Jedna z nich, ta obyčejná, lidsky šílela hrůzou, horečnatě hledala východisko k záchraně a nenalézala je. Druhá, chladná a lhostejná, téměř se zájmem sledovala, co se děje, konstatovala jen a jen fakta a analyzovala je.

Křič! Volej o pomoc…! Prašti ho! Prašti! Do rozkroku, podpatkem do kolena, tady tou tyčí, o kterou zakopl! Teď – uhoď a utíkej! Nabádala ji ta první, lidská část.

Co ho asi váže k tomuhle domu? s ledovým klidem si kladla otázku druhá část jejího vědomí.

Tak už ho kopni, v téhle tmě přece nic nevidí! Teď hned, než dojdeme k tomu oknu, kudy padá na podlahu světlo z lucerny! Copak sem vodil všechny své oběti? Všechny přece neměly auto... A kolik jich vlastně kromě Káti zabil?

Xenie byla vyčerpaná tímhle dvojím způsobem uvažování a vůbec vším, co se v posledním časovém úseku stalo, že se nechala pokorně vést nelítostnou vrahovou rukou: cítila se jako zvíře, které vedou na porážku.

Když došli do pruhu světla, srazil Xenii na zem, takže viděla ve tmě jen jeho lesknoucí se oči.

„Olegu..." promluvila, aby porušila zlověstné ticho.

„Buď zticha," okřikl ji a jeho hlas se budovou vrátil v ozvěně. „Stejně už nemůžeš nic. Svou šanci jsi propásla."

„Kdy jsem měla jakou šanci?" tiše namítla, třebaže jí zakázal mluvit. „Přece jsi mi neřekl všechno."

Najednou se ze tmy zasmál:

„Nemusel jsem ti přece říkat všechno. Ty jako analytik, ty jsi měla..."

„Neměla jsem dost času."

Prudce, hlučně se k ní naklonil, takže mu teď viděla zblízka do očí.

„Měla jsi spoustu času," zasípal. „Nevyužilas ho..."

Najednou se odmlčel a chřípí se mu rozšířilo. Xenie viděla, jak se mu zvětšily zornice a jejím tělem projel mrazivý chlad. Vzrušením ztěžka dýchal a dotkl se ostřím nože její tváře. Trhla sebou a vykřikla. Tváří jí projela bolest. Maniak se spokojeně usmál, nůž jí přiložil k hrdlu a svalil se na ni celou svou vahou, pravou rukou jí přitom držel ústa. Pak náhle znehybněl, ale dusil ji dál. Xenie se pokusila vydat aspoň hlásek, ale nůž se jí zlehka zabořil do kůže na krku.

„Ticho!" výhružně zašeptal Kovtun, trochu se od ní odvrátil a naslouchal. „Vydáš jediný hlásek a proříznu ti krk."

Znehybněla strachem – a vtom zaslechla tichý zvuk kroků přímo pod okny zlověstného domu. Kovtun ty kroky slyšel také. Rychle strhl Xenii šálu, zavázal jí s ní ústa, vlastní šálou jí svázal ruce. Odvalil se od ní a zmizel ve tmě.

Ležela v pruhu světla, vůbec ho neviděla, cítila však jeho přítomnost a zvažovala, co udělá.

Kroky pod okny utichly a Xenie už nic víc nezaslechla. Najednou pocítila, jak se Kovtun ve tmě u světlejšího dveřního otvoru se zatajeným dechem zastavil. Na rozdíl od ní něco zaslechl. Někdo tiše vcházel do domu.

Xenie chtěla vykřiknout, ale bránila jí v tom šála, takže vydala pouze jakési tlumené zamečení. Kovtun k ní vykročil, ale hned se zas zastavil. Ve dveřích se objevila lidská postava.

Xenie se ze všech sil kroutila, pokoušela se vstát a mečela stále hlasitěji. Člověk mezi dveřmi udělal osudný krok dopředu – a z místnosti se na něj vyřítil Kovtun, jako by byl temný stín. Xenie zaslechla chřupavý náraz a muž na prahu tiše, bezvládně padl na podlahu.

Kapitola 37

„Proč myslíš, že jsou zrovna v Tušinu?" útočila na Sergeje Věrka. „Můžou být zrovna tak v Krasnogorsku nebo v Chimkách."

Už celou hodinu projížděli se Serjožovou rachotinou Tušino, poctivě prohlíželi jeden dvůr po druhém a doufali, že někde objeví Xeniin vůz. Věra seděla vzadu a každou chvíli zapíchla Sergejovi do ramene ukazovák, což ho nepředstavitelně štvalo. Vedle Sergeje seděl zamračený Mišan. Za celou dobu pronesl nejvýše pět slov.

„Jestliže projeli kolem tvého domu," namítal Sergej, „těžko se chystali do Krasnogorska. Chimki, to je něco jiného. Až zkontrolujeme Tušino, pojedeme do Chimek."

„A co když odjeli někam z města?" šťourala dál Věra. „Třeba jeli do nějaké Horní nebo Dolní Lhoty?!"

„Prosím tě, buď už konečně zticha!" promluvil nečekaně Mišan. „Musíme něco udělat…"

„No jo!" uchechtla se Věrka. „Zvlášť ty. Tys toho už udělal… Sedíš tu jak špalek… Kam to jedeš?!" křikla na Sergeje, který najednou prudce otočil volantem. „Tam nikdo nebydlí, ty baráky se budou bourat."

Najednou si strašně přála vrátit se domů. Jedna věc byla jezdit sice špatně, ale přece jenom osvětlenými ulicemi, něco jiného bylo zabočit do takového zapadlého místa ohrazeného příšerným plotem, kde svítí široko daleko jediná lucerna.

Sergej zastavil.

„Pojďte, podíváme se tam," řekl. „Ty, Věruš, ale buď zticha, prosím tě."

Xeniin golf stál za plotem. Věrka nestačila ani vykřiknout, protože Sergej jí zakryl ústa. Mišan se přiblížil k autu a tázavě pohlédl na Sergeje. Ten Věře naznačil, aby zůstala ve stínu plotu, a Mišana vzal s sebou k domu. Věrka s pusou dokořán jen udiveně zírala. Takhle Xeniina manžela neznala: jeho pohyby připomínaly obratnost a tichost kočky, pod nohama mu po celou cestu až k domu nezapraskala jediná větvička, neodkutálel se jediný kamínek. Mišan šel za ním a pokusil se ho napodobit. U černého obdélníkového otvoru, což byl vchod do domu, Sergej posunkem Mišana zastavil a přikázal mu, aby tu čekal, sám pak splynul s tmou, jež panovala v domě.

Na vojně se Sergej naučil vidět téměř v naprosté tmě. Vedle každodenního cvičení tu byla ještě jedna důležitá věc – umět se dívat postranním pohledem. To, co měl pod nohama, bylo vidět jen těžko, naučil se však vnímat překážky a naprosto neslyšně chodit tmou v neznámém terénu. Musel jen víc než je běžné zvedat nohy a ohýbat je v kolenou.

Každý nepříliš vzdálený předmět byl dokonale vidět – stačilo, když člověk nezaostřil pohled přímo na něj, ale jako kdyby ho rozostřil. Jednak se tím značně rozšířil zorný úhel, jednak bylo takové předměty vidět téměř do nejmenších podrobností.

A Sergej hned, jakmile vešel dovnitř, uviděl na zemi ležícího člověka. Nevěděl proč, ale byl přesvědčen, že to není Xenie. Zcela jistě si nemohl připustit nic jiného, to by oslabilo jeho soustředěnost, a nepřítel se skrýval někde blízko, cítil jeho přítomnost všemi svými smysly.

Naprosto neslyšně vklouzl za přepážku, která oddělovala další místnost od té, kde leželo něčí tělo. Sergej bez pohnutí naslouchal.

Člověk ležící na zemi byl naživu. Namáhavý, chroptivý dech doprovázený bublavým zvukem napovídal, že je raněn a možná má poraněné plíce. Ten zvuk, to dýchání bránilo Sergejovi slyšet ostatní zvuky, pokud nějaké zazněly.

„Nejsou… nejsou tady," najednou zasténal člověk.

Sergej, pro jistotu skloněný skoro až k zemi, se úplně sesul k raněnému.

Byl to starší muž, skoro stařec, ležel na zádech s nohama nepřirozeně zkroucenýma, na levé straně jeho pláště se leskla krev.

„Někam ji odvedl…" zašeptal starý muž. „Snad nahoru… nevím. Kdo jste?"

„Manžel," odpověděl Sergej.

„Potřebujeme nutně posilu…"

„Udělám to sám."

„Ne. Potřebujeme posilu."

Starý člověk se natočil, vytáhl z kapsy kousek čtvrtky.

„Tumáte! Zavolejte Šaninovi. Řekněte mu, že Petr je raněn. Mládenci tu budou během pěti minut…"

Mišan stál bez pohnutí u dveří, jak ho tam Sergej zanechal, a napjatě se díval do tmy. Najednou před ním Sergej vyrostl, dal mu něco do ruky a zašeptal:

„Zavolej na tohle číslo a řekni, že Petr je raněn," a znovu se naprosto neslyšně vytratil.

Mišan chvilku zůstal překvapeně stát. Pak si zopakoval Sergejovu podivnou větu, dal znamení Věře a zamířil k polorozpadlému plotu. Věrka ho mlčky následovala.

Jakmile poodešli kousek od domu, zeptala se ho: „Proč jsi odešel?"

„Hele!" Mišan jí podal kartičku s napsaným číslem telefonu. „Sergej řekl... Počkej... Řekl – zavolej tam a pověz, že Petr je raněn."

„To je určitě nějaké heslo," s jistotou prohlásila Věra, která se teď, když viděla Sergeje v akci, ničemu nedivila. „Odkud se tu ale dá volat? Tady nejspíš žádný automat není."

Drobila ve spěchu kroky za Mišanem, který šel rychle před ní a hledal v okolí telefon.

„Nemáme kartu," říkala, „ani žetony."

„Tak počkej..." Mišan se zastavil a poslouchal. Pak prudce zabočil do malé uličky mezi dvěma čtyřpatrovými domy.

U vchodu do jednoho z nich stál černý džíp připomínající pohřební auto. Přední dveře měl otevřené, visela z nich noha muže, který tiskl telefon k uchu a živě něco povídal. Byl tam sám.

Mišan přistoupil k autu a zkoumavě na muže pohlédl. Ten se na podivný pár díval dost nerudně. Mišan neřekl jediné slovo, natáhl dlouhou ruku, chytil muže za límec bundy a vytáhl ho z auta. Ten byl tak ohromen, že se nezmohl na odpor.

„Promiň, kámo," řekl skoro dobromyslně Mišan a sebral mu mobil. „Potřebujeme si zavolat." Přitom majitele telefonu pořád držel a telefon podal Věrce.

Kapitola 38

Jako stín Sergej prošel celým přízemím a po rozpadajícím se schodišti vystoupil do prvního patra. Místnosti byly plné stavebního odpadu, na některých místech trčely nosníky, kusy trubek a armatury. Když pod nohou ucítil něco tvrdého, shýbl se a zvedl ocelový prut. Potěžkal ho v ruce a spokojeně kývl.

Když procházel první patro, zaslechl najednou nějaký zvuk. Znehybněl. To od stropu spadl kus omítky, nic víc se však nedělo. Sergej se jako kočka proplížil ke schodišti, přitiskl se ke zdi a opatrně stoupal do druhého patra.

Byla tam fujavice jako venku. Střecha prakticky žádná – sníh se sem neustále valil a přikrýval v souvislé vrstvě podlahu. Jako kdyby tu ve srovnání s nižšími patry svítilo světlo: ve sněhu se zřetelně odrážely obrysy všech předmětů.

Po zasněžené podlaze se do vedlejší místnosti táhl tmavý pruh. Sergej postupoval podél zdi a vešel tam, kam vedla stopa.

Ještě ani nedošel k otvoru po dveřích, a rázem znehybněl: v té části sousední místnosti, kam dohlédl, spatřil Xenii. Rozbušilo se mu srdce – žije!

Zpola ležela, opřená o zeď. Přítmí dokonale skrylo její rysy, Sergej viděl jen bílou plochu obličeje, jehož dolní část halil nějaký obvaz.

Jakmile ho spatřila, mečivě se pokusila cosi vykřiknout; v tu ránu na všechno zapomněl, rozběhl se k ní a teprve v posledním okamžiku stačil postranním viděním zachytit stín, který se na něj vrhl. Tenké kovové ostří se zablýsklo jako blesk, Sergej ještě instinktivně uhnul a nůž mu rozřízl bundu. Vrah přitom ztratil rovnováhu, klesl na kolena a vzápětí mu na hlavu dopadl strašlivý kovový prut...

Seděli na ledové podlaze a tiskli se k sobě. Po hysterickém záchvatu, který Xenii přepadl, když ji Sergej rozvázal, jí teď tekly po tvářích poraněných nožem proudy slz..

Kovtun ležel neuspořádaně kousek od nich.

„Zabils ho?" zeptala se Xenie.

„Doufám," odpověděl.

„Teď tě zavřou."

„Nezavřou."

„Zranil tě?"

„Ne."

Pak se odmlčeli.

„Proč tu ještě sedíme?" zeptala se po chvíli Xenie.

„Čekáme na Šanina," řekl Sergej.

„Na jakého Šanina?" podivila se.

Pokrčil rameny:

„Nemám ponětí, kdo je to."

Kapitola 39

„Kovtun neměl v úmyslu svou sestru zabít," říkal Gurko a mhouřil oči před ostrým sluncem, které se opíralo do nemocničního okna. „Chtěl jenom odstranit svého soka."

Šanin, který seděl vedle něj na židli ve svátečním obleku a měl dokonce i kravatu, se neudržel a ušklíbl se:

„Co to tu zas vykládáš, vždyť to byla jeho sestra. A jemu bylo tenkrát dvanáct let."

„Z toho si žádnou legraci nedělej, hochu. Když Kovtun přišel o rodiče, stala se Olga jediným smyslem jeho života. Kdokoli by se ho pokusil o ni připravit, ať už to byl mužský nebo ženská, pro něj znamenal konkurenci. Mládenec, do kterého se Olga zamilovala, pro něj takovou hrozbou byl. Kovtun stoprocentně věděl, že ho sestra opustí, jakmile se vdá. Po smrti rodičů to nemohl dál snášet. Rozhodl se proto, že sestřina ženicha zabije..."

Šanin zabručel.

„Krucinál, přece byl ještě dítě... Takové znetvoření, taková zvěrská vražda, to mi k němu nesedí."

„Ten kluk byl strašně chytrý. Hodně četl. A navíc se k tomu připojil ještě celý řetěz ďábelských náhod, které mu na jedné straně hrály do ruky, na druhé straně… přinesly smrt jeho sestře. A jejímu ženichovi taky. Tehdy žádné komise pro udělování milosti neexistovaly, vraždils, postav se ke zdi a basta…

Víš, za tu dobu, co tu ležím, jsem se v tom důkladně pohrabal. Xenie Pavlovna mi při tom hodně pomohla…" Gurko pohlédl na Šanina: „Někoho takového, jako je ona, byste potřebovali na psychoanalytiku jako sůl."

„No jo, no jo!" ošil se pobouřeně Šanin. „Vždyť se stala jeho obětí."

„Zato teď to má vědecky zmáknuté… Tak koukej. Ten kluk si připravil dokonalý plán. Vlezl oknem do prvního patra k milému svojí sestry a využil přitom stříšky nad vchodem do domu, pro dvanáctiletého smrkáče to nebylo nic těžkého. Párkrát už tam byl, moc dobře věděl, kde jeho nepřítel spí, zapamatoval si dopodrobna všechny zvyky toho člověka. Musel být jenom opatrný, potřeboval zvolit tu nejvhodnější chvíli a smrtící nástroj.

Ten den, kdy to Oleg udělal, se jeho sestra se svým nastávajícím pohádala, a on o tom dobře věděl. Možná tu hádku sám vyvolal. Navíc – a to si jistě pamatuješ – u výslechu řekl, že byl přesvědčený, že sestra zůstala tu noc doma. Tak to taky bylo. Sestra se často snažila před ním své noční výlety tajit. Ten večer nadvakrát přeložila pléd, zabalila ho do prostěradla a vydala se za milým, aby se s ním usmířila. Ten se však po hádce s ní trochu opil nedaleko svého bydliště, a domů se nevrátil. Olga se rozhodla, že na milého u něj doma počká, oblékla si jeho košili, v níž obvykle u něj spala a kterou její bratr moc dobře znal, a ulehla do postele.

Oleg v noci vstal, nahlédl do sestřina pokoje, a když

se přesvědčil, že spí, ozbrojil se ostrým šroubovákem, který jejímu milému ukradl, a vydal se do noci. Přes balkon se dostal do nápadníkova bytu, v posteli zastihl spáče s krátkými vlasy a v kostkované košili a několikrát ho bodl šroubovákem do oblasti krční tepny. Olga se zřejmě ani nestačila probrat a on vůbec netušil, koho právě zavraždil. Nejspíš v té chvíli v afektu tupě bodal do oběti šroubovákem, nepoznal, že je to jeho sestra. Potom šroubovák hodil do škopku s namočených prádlem (aby po něm nezůstaly žádné otisky) a klidně šel spát. Po dlouhé době nejspíš poprvé.

Sestřina smrt ho šokovala a spíš z pudu sebezáchovy svědčil u soudu tak, že celá vina padla na jeho soka. Ti dva přece byli milenci, pohádali se, nikdo neví, kde byl partner zavražděné v noci, šroubovák patřil jemu. A spadla klec."

Oba muži chvíli mlčeli.

„A dál?" ozval se nakonec Šanin.

„Co dál?"

„No co ty ostatní oběti?"

„Kluk se samozřejmě snažil na to zapomenout. A nebyla to náhoda, že si vybral tohleto povolání. Když se dostal na fakultu psychologie, chtěl se hlavně vyrovnat sám se sebou."

„A proč se mu to nepovedlo?"

„Těžko říct," pokrčil rameny Gurko. „Možná proto, že provinilec podvědomě chce nést trest, a když se trest nedostaví, dopouští se nových a nových zločinů. Víš, já si myslím, že takový člověk nemůže soudit sám sebe. Vždycky si pro sebe najde nějakou omluvu, i když se přitom dokáže třeba bít i pěstí do prsou. Kovtun třeba nesnášel nejméně dvě věci. Nepromíjel ženám, když se opozdily, a ještě... je to takový zajímavý moment, vyprávěla mi o něm Xenie: používal kolínskou… v nadměrné míře… A když si toho někdo všiml, stal se rázem jeho nepřítelem. Čert ví, jakou to má souvislost. Xenie se domnívá, že je to něco z dětství. Někdo, mohla to být dokonce jeho sestra, mu patrně vytkl, že smrdí… nebo tak něco.

Je docela možné, že pro Kovtuna tyhle dvě drobnosti stačily k tomu, aby zabíjel. Možná v tom bylo ještě něco navíc. Myslím si, že psychiatři na to přijdou."

„A proč si byly všechny ty oběti podobné?"

„Hledal sestru. Iriška mu ji připomněla. Xenie Pavlovna jí byla ke své smůle také podobná. Navíc v ní viděl profesionálního kolegu, který by mu mohl pomoct. A Xenie byla silná osobnost… Ostatně právě proto se rozhodl, že ji nezabije hned, a zabil napřed její pacientku, která se mu postavila do cesty.

Všechno to je strašně složité. Jasné je jenom to, že neštěstí, která Kovtuna potkala, z něho udělala skutečnou zrůdu. Může to vyznít strašně sobecky, ale ještě dobře, že takový typ žen, jako byla jeho sestra, je vzácný. Vraždil vždy s odstupem několika let. Je ale pravda – aspoň se to říká – že časem jsou maniaci stále krvelačnější a méně vybíraví."

Gurko zavřel oči a odmlčel se. Pak znovu pohlédl na Šanina.

„Kdy jdeš do penze?"

„Už mi zbývají jen tři měsíce," šťastně vydechl kolega. „Kdybys jen, Peťko, věděl, jak se mi to všechno zprotivilo."

„To mně taky," přitakal stejným tónem Gurko.

„Tobě jistě!" zasmál se Šanin. „Proč ses do toho tedy motal?"

„Jen tak, ze zvyku," usmál se Gurko.

Kapitola 40

„Mami, ty máš šedivé vlasy…"

„Já to vidím," Xenie stála před zrcadlem a prsty si přejížděla po bílém pramínku vlasů. „Musím to něčím obarvit," řekla a bezmocně pohlédla na Sergeje. „Jenže já se v ničem takovém nevyznám… Aňo, ty věčně vysedáváš u televize, jaké barvy tam doporučují v reklamě?"

„Recital performance," okamžitě jí sdělila Aňka, která si vázala tkaničky u vysokých bot na moderní tlusté podrážce. „Přirozená barva a síla zdravých vlasů!"

„Nedělej to," Sergej přistoupil k ženě, sklonil se k ní a políbil jí bílý pramínek. „Takhle je to hezčí."

„Hrůza!" vybuchla s opovržením Xenie. „Co je na tom krásného? Vypadám jak stará bába."

„Mami!" zlobila se Aňa, která už stála oblečená u dveří. „Tak jde se, nebo se nejde?! Už budeme muset tajně a k tomu tvému dědulovi nás nepustí…"

„Nezapomínej, že mi ten dědula zachránil život!" Xenie se zakabonila, trhla sebou a znovu na sebe pohlédla do zrcadla.

Právě pochopila, proč se jí celou dobu zdálo, že Kovtuna znala zdřívějška. Nalézala v něm své vlastní rysy: stejně světlé oči, krátký nos, malou bradu. Jenom barvu vlasů měl každý z nich jinou.

Člověk by je málem mohl pokládat za sourozence – vraha a jeho vyhlédnutou oběť, která jen se štěstím zůstala naživu.

Anna Dankovcevová
případ příliš světlých očí

Z ruského originálu Šag vlevo,
vydaného nakladatelstvím Machaon, 2000
přeložil Josef Týč
Foto na obálce ISIFA
Obálka Jolana Ryšavá
Vydal Albatros nakladatelství, a. s., Praha, 2004,
jako svou 9347. publikaci, 18. v edici Albatros Plus
Odpovědná redaktorka Ivana Mergerová
Technická redaktorka Milada Hrachová
Sazba Aktul press
Vytiskla tiskárna EKON, Jihlava
1. vydání

13-719-004
13